The Real World of Technology

技术的真相

[加拿大] 厄休拉·M. 富兰克林 - 著
田奥 - 译

Ursula M. Franklin

南京大学出版社

图书在版编目（CIP）数据

技术的真相 /（加）厄休拉 · M.富兰克林著；
田奥译. -- 南京：南京大学出版社，2019.6（2022.9重印）
（现代人小丛书）
书名原文: The Real World of Technology
ISBN 978-7-305-22093-7

Ⅰ. ①技… Ⅱ. ①厄… ②田… Ⅲ. ①演讲—加拿大—现代—选集 Ⅳ. ①I711.65

中国版本图书馆CIP数据核字(2019)第082608号

出版发行 南京大学出版社
社　　址 南京市汉口路22号　　邮　编 210093
出 版 人 金鑫荣

丛 书 名 现代人小丛书
书　　名 技术的真相
著　　者 [加] 厄休拉 · M.富兰克林
译　　者 田　奥
策 划 人 严搏非
责任编辑 郭艳娟
特约编辑 谢小谢
装帧设计 道辙 at Compus Studio

印　　刷 山东临沂新华印刷物流集团有限责任公司
开　　本 787 × 1092 1/32　印张 8.75　字数 117千
版　　次 2019年6月第1版　2022年9月第3次印刷
ISBN 978-7-305-22093-7
定　　价 49.00元

网址：http://www.njupco.com
官方微博：http://weibo.com/njupco
官方微信号：njupress
销售咨询热线：（025）83594756

“现代人小丛书”策划人言

20世纪60年代以后，全球资本主义进入消费社会时代，奥威尔在《1984》中预言的“老大哥”的普遍统治并没有出现，但赫胥黎所预言的《美丽新世界》欣然降临，人们生活在感官刺激的消费景观中，自己也欢乐地成为这景观的一部分而不自知。

300年的现代性给人类社会带来巨大进步，许多过去年代不可想象的权利和自由成为人类生活不可或缺的基本内容，但它的问题也伴随着这些进步同时裸露出来，成为这个时代不可摆脱的困惑。

“现代人小丛书”的作者是一群世界一流的知识分子和专家，他们从各个不同的与日常生活紧密相关的领域或问题出发，向公众提供面对后现代社会诸多问题的基本知识和批判性思考。它不是一套传统的公民读本，它讲述的是即便人们已经有了基本政治权和社会经济权，现代社会依旧没有摆脱的工具理性的“铁笼”命运,而生活在其中的人们,当如何面对这些命运。在残缺的人性和不够坚强的道德理性面前，如何坚持对一个好生活的塑造。

这套书是理解今天之现代性的批判性思考，它应该成为今日社会的普遍知识，以帮助每个现代人在今天的充满困惑的生活中保持批判的理性和审慎的乐观，以及，更重要的，保持并回归真正自我的本真。

目 录

新版序

离最初为加拿大广播公司的“梅西讲座”准备《技 vii
术的真相》讲稿已经过去20年了，在这20年间，技术已然驱动了全球主要的政治与经济变革。

通过回顾《技术的真相》来描绘技术世界的新现实以及趋势和影响，我认为新版本最好是去掉1989年各篇演讲的题目，并加上四个全新篇章，它们聚焦于更接近当下的新兴图景与现实。20年前针对技术的真实世界的言说在今天看来仍是生动的，因为今日所现之“新”大多可被视为早期发展的延伸。许多在1999年讨论的主导趋势和难题可被解释为早期阐释过的组态和
动力带来的结果。我将依照惯例继续将“技术”定义 viii
为“实践”，也会强调实践及其语境是如何改变的。

第一个新章节(即第七章)将会讨论古代与现代的传播技术，从文字的发明到互联网的使用，我们保存、传播和共享知识的方式建构了我们对“何者为真”的认知，也建构了我们对可能性与可取性的认知。

第二个新章节探索和描绘了一些电子技术发展的新奇方面，这些发展重塑了我们对时间的使用及其经验；第九章则会提供一个有关技术改变空间结构及由此带来的政治影响的模型。

最后，第十章将聚焦于这些新技术实践对于人类之间的纽带的冲击,无论这些纽带是工作与社群,还是政府、公民身份，又或是关于个体与集体所承担的责任的观念。

通过这四个新章节，我想强调的是：新兴技术、我们行事的新方式怎样推动了空间与时间的物理及社会边界的扩张。

我要再次强烈感谢我的家人和工作团队对我工作的支持，特别是梅西学院的款待以及约翰·弗雷泽院长的关爱。

我想将这个新版本献给我的三个孙子，他们或许
ix 永远不会知道，我对这个他们即将生活于其中的世界是否能达致公正、和平、美丽，怀有深重的忧虑。

1990年版序

加拿大广播公司每年一度的“梅西讲座”是一个 xi
由来已久、广受尊重的加拿大传统，但演讲者往往要做好几天的报告——我就是如此——这个传统就有点像是一个沉重的负担。我获得机会在 1989 年的梅西讲座上做了六场公共报告，这个机会使我减轻了负担，还带来了许多愉悦和回报。每场报告之后频繁的讨论以及由此带来的思想交流，还有做完讲座后收到的信件，都让我感到在这个国家，人们对技术带来的社会和道德冲击怀有如此广泛而深远的关切。我收到的评论表明，存在多种多样的探寻方法、接受新观点的心理准备，以及一种显著的倾听和参与讨论的意愿。

这些回复强化了我对和平世界的一种想象图景： xii

那是一个像百乐餐聚会[1]一般的社会，在这个社会里，每个人都做出贡献，每个人也得到回馈；在这个社会里，贡献的多样性是必需的（想想如果在一顿百乐餐上，所有人带过来的都是土豆沙拉！）。在这样一个社会中，无人不会对工作做出贡献并切实关心自己的工作，也无人不依靠接受补给和友谊而存续。我对这一图景的实现保有越来越多的信心。

如果没有这么多人给予我支持、友谊和启发，我是无法完成这些演讲所需的大量工作的。我从家人和贵格会教义中获得了许多力量。25 年来，妇女和平运动一直是我生命中非常重要的一部分，以至于我时常不知道每次我讲话时表达的究竟是自己的还是妇女群体的观点。没有加拿大广播公司《观点》（*Ideas*）项目组的帮助与支持，我是绝不敢开始准备梅西讲座的。我还要向我的朋友兼同事马克斯·艾伦（Max Allen）致敬，特别感谢他帮我修改演讲稿，使其符合演讲和书面规范。由多伦多大学梅西学院联合发起的演讲极大地促进了这一系列演讲的传播以及接下来的

1　百乐餐聚会（Pot-luck Supper），北美洲一种常见的聚会形式，其规则是参与者各自带一个菜或其他食品、饮料，放在一起让大家自由取食。——译者注

讨论，我要向学院及其前院长安·塞道梅尔（Ann Saddlemyer）致以最诚挚的感谢。

第一章

我将基于这样一个前提开始我的演讲：我们生活 1
在一个非常困难但又十分有趣的时代。在这个时代，一个主要的历史时期将进入复杂的收尾阶段。我认为，我们生活的这个时代所发生的社会与政治剧变，相比于宗教改革时代有过之而无不及。所以首先，我想做一点“定位”和“制图”工作，用更为通俗的话语把今天我们都不得不生活于其中的时代语境组织起来。

如我所见，技术搭建起了我们居住的这所房屋。
房子仍在持续扩张和改造之中，越来越多的人生活在
这四堵墙之内，所以今日之人类活动几乎全然发生在
这所房子里面，我们的活动受到房屋的设计、空间的
区隔及其门墙的空间位置之影响。与早先的人类相比， 2
我们几乎已没有生活在房屋之外的机会。这所房屋仍
旧在变，不仅在建设之中，也在被毁坏之中。在接下
来的演讲里，我打算带着你们参观这所房屋，先从地
基开始，然后带你们检验那些被建起来或者被拆掉的
墙壁，还有那些被添加进来的楼梯和角楼，以及穿梭
其中的人类——人类既能进入这所房子，也能去往其
中的特定空间。

过去，我常常带着忧虑和不祥预感来谈论技术的

社会影响，但这不是我此次的目的，**我的兴趣在于更加清晰的认知**。我想要尽可能地了解这所由技术搭建起来的房屋，了解它的秘密通道，了解它的地下暗门。我也想像 C. B. 麦克弗森（C. B. Macpherson）考察民主那样来考察技术[1]，也就是考察它的真实世界。技术和民主一样，既包括理念，也包含实践，既包括虚构之事，也包含关于真实的诸多模型。如同民主，技术改变了人与人之间的社会和个人关系，它迫使我们检查和重新定义我们对力量和责任的看法。

在这次演讲中，我想谈论**作为实践的技术**，谈论工作的组织构架以及人的组织构架，我也想考察一些奠定了我们思考和讨论技术之基础的模式。在进一步讲述之前，我想先说说在我的理解中，技术不是什么。技术不是手工制品的总和，不是车轮和齿轮、轨道和电子发射机的总和。技术是一个**系统**，它所承担的远
3 比单个的材料组件要多。技术包括组织、程序、象征、新词汇、等式，以及最重要的，一种精神状态。

---

1 C. B. Macpherson, *The Real World of Democracy* (Toronto: Canadian Broadcasting Corporation, 1965); C. B. Macpherson, *Democratic Theory: Essays in Retrieval* (Oxford: Clarendon Press, 1973).

在随后的演讲中，我将聚焦于技术对我们在时间
和空间上的现实已做出的改变，我将谈论计划和预
言，谈论人类预测技术影响的诸次尝试。我认为我们
也有必要解决一种困惑，这种困惑存在于所谓的技术
客观性与从狭义来看一些技术进程的结果是可预测的
这两者之间。另外，对技术带来的人性方面和社会方
面的影响进行考察也是十分重要的，我们还必须谈论
经验本质的转变，以及知识和工作的分裂。我们需要
考察由专家构成的新兴社会阶层，以及由技术系统所
带来的社区和选民阵营的本质转变。我们同样需要将
技术视为权力和控制的代理人来考察，我将展示有多
少技术从传统制度结构——比如教堂和军队——的预
备土壤中生长出来。我会谈论现代管理和行政技术的
规模与复杂程度，还要谈论那些我特别感兴趣的技术，
比如传播技术和计算机。在某篇演讲稿中，我将追踪
一些特定技术的生命圈和发展模式，从创新与初期发
展，一直到它们牢固地扎根于整个社会景观。另外， 4
当考察作为变革代理人的技术时，我将触及自然环境。
我还要往回追溯几个主题，以令我们明白，为了让技
术的真实世界变成一个适合人类居住的健康而正常的

栖息地，我们需要怎样的发展和社会变革。

针对技术的方方面面都有许多研究文献。[2] 现在，人们对技术带来的社会影响产生了特殊的兴趣，我自己就被目前的技术重新排序和重新建构社会关系的方式给吓到了，它不仅影响了社会群体之间的关系，还影响了国家和个人之间乃至我们所有人与环境之间的关系。对新一代人来说，许多这样的关系转变显得如此平常，如此不可避免，被认为是理所当然的、毋庸置疑的。然而，我们还是能够建立清晰的历史走向。为了理解并应对技术的真实世界，我们需要了解一些过去的知识，也需要对未来进行思考。

总而言之，作为人类——作为一个女性、一个孩童、一个男性，作为富人或穷人，作为圈内人或

---

2 关于该领域的一个一般调查，请参见Paul Durbin, ed., *A guide to the Culture of Science, Technology, and Medicine* (New York: The Free Press, 1980)，特别是第一部分第二章、第二部分第五章和第三部分第七章。特别调查请参见P. L. Bereano, ed., *Technology as a Social ad Political Phenomenon* (New York: John Wiley, 1976)；Stephen Hill, *The Tragedy of Technology* (London: Pluto Press, 1988)；Donald Mackenzie and Judy Wajcman, eds., *The Social Shaping of Technology: How the Refrigerator Got its Hum* (Milton Keynes: Open University Press, 1985)；Joan Rothschild, ed., *Machina Ex Dea: Feminist Perspectives on Technology* (Toronto: Pergamon Press, 1983)。

圈外人——究竟有何意义，与过去相比，今时今日
这一意义似乎有了剧烈的转变。我父亲出生于 20 世
纪初期，要理解他人生的许多成就，可以从知晓他
是一位德国知识分子、他出身一个属于特定阶层的
古老家族、他来自这个国家的某个特定地区开始。
另一方面，你很难从知道我儿子是一名摄影师、生 5
于 20 世纪 50 年代的多伦多来理解他的人生成就以及
他的价值观和人生态度。技术扰乱甚至摧毁了传统的
社会规则。

我确信，没有什么比社会力量和社会契约的全球性革新更能结束这段深刻又充满暴力的历史转变时期了，而这种革新也给世界及居住于其中的公民的安全问题提供了解决方案。这样的发展将需要重新定义权利和责任，也需要施予权力和控制以界限。我们必须提供一种完全不同的标准，以确定什么是被允许做的、什么是不被允许做的。处于任何可以形塑、指导技术与人类命运的新秩序之中心的，都将是对公正概念的重新强调。技术的可行性，如同民主的可行性一般，说到底依赖于正义的实践和对权力的强力限制。

让我像其他“好的学者”那样，先从定义开始讲
起。从全球观念来定义技术真是一件困难的任务，那
些哲学家、历史学家、社会科学家和工程师们的最优
秀大脑曾试图解决这个问题。[3]我才不和他们竞争。与
其如此，我们不如这样来解决这个问题，也就是从技
术的发生以及我试图讨论这个问题的语境出发，辨析
技术的诸多方面，从而对它做出定义。如同民主，技
术是一个多面的存在，它既包括实践活动，也包括知
识体系，既包括结构，也包括结构化这一行为本身。
6 我们的语言非常不适合用来描述技术交互作用的复杂
性。这些进程之间的相互作用，以及它们复杂地相互
关联这一事实，挑战了我们通常的关于互动和因果的
比喻。一个人该怎么描述既是鱼又是水，或者既是手
段又是结果的东西呢？这就是为什么我认为最好是能
在一个受限的环境中进行考察，能把技术置于语境之
中，因为语境是最重要的。

---

3 了解技术的定义，参见Carl Mitcham, “Philosophy of technology,” in Paul Durbin, ed., *A Guide to the Culture of Science, Technology, and Medicine*; George Grant, “Knowing and making,” in *Royal Society of Canada Proceedings and Transactions*, 4th series, 12:59—67, 1974。

作为开始，让我们首先把技术看作实践。《形象：生活与社会中的知识》（*The Image: Knowledge in Life and Society*）一书以及其他极具影响力的社会科学著作[4]的作者肯尼思·博尔丁（Kenneth Boulding）认为，我们可以将技术看作**行事的方式**（ways of doing something）。他指出，既存在祈祷的技术，又存在耕作的技术；既存在控制恐惧的技术，又存在控制洪水的技术。

将技术视作实践，而且是一种正式的实践，会带来一些十分有趣的结果。其中之一就是将技术直接与文化连接起来，因为毕竟文化正是社会默认的一套实践和价值观。精心布置和共同商议的实践活动也将

---

4 引用的定义来自Kenneth E. Boulding, "Technology and the changing social order," in David Popenoe, ed., *The Urban-Industrial Frontier* (New Brunswick, NJ: Rutgers University Press, 1969)。同样参见Kenneth E. Boulding, *The Image* (Ann Arbor: University of Michigan Press, 1956)；Kenneth E. Boulding and L. Senesh, ed., *The Optimum Utilization of Knowledge* (Boulder, CO: Westview Press, 1983)；R. P. Beilock, ed., *Beasts, Ballades and Bouldingisms* (New Brunswick, NJ: Transaction Books, 1980)；Kenneth E. Boulding, *Three Faces of Power* (London: Sage Publications, 1989)。关于作为实践的技术，另见Max Weber, *The Theory of Social and Economic Organization* (Oxford: Oxford University Press, 1947)。

参与实践的专业人士定义为一群有共同之处的人，因为他们用相同的方式来行事。这种群体性实践的概念让历史上的“我们”与“他们”的定义重获生机。共同实践是人们形成群体并将自己区分于他人的方式之一，我认为理解这一点十分重要。“在这儿，我们是这样做事情的。”一个群体会这样说，而这正是他们确立自己身份的方式,因为“其他人”也许会用不同的
7 方式来做相同的事。用不同的方式做相同的事，用不同的工具来完成同样的任务,这区分了“圈内人”和“圈外人”。

我曾受邀去弗利尔美术馆鉴定中国青铜器，那次聚会的目的是为中国青铜锻造技术研究提供建议，分享相关领域的知识，以及避免做无用功。大概有六个人还是八个人参与了聚会，我永远都不会忘记聚会的场景。大多数与会者都是艺术史学者或博物馆工作者，我是现场唯一一位工程技术出身的研究者。我们都在查看青铜器碎片，也都拿着放大镜，但我拿的那个与其他人的都不一样。“他们”把放大镜放到眼睛前面，然后把被观察物体放到一个大致正确的观察距离上；我却把放大镜放到被观察物体的前面，然后调

动自己的头部，让自己处于一个恰当的观察位置。他们刚看了一眼我拿放大镜的姿势，我就知道自己出局了。我被归类为“圈外人”,而且被非常礼貌地对待了。聚会上我们建立了不少良好的关系，但我仍然能回想起那天那种距离感、那些惊讶的表情。我知道我是受尊重的，但我并不是他们中的一员。

换个场景，这回我坐在一个大会议室的后面，在听一场漫长又无聊的研讨会。我开始织毛衣，一位年轻女士走了过来，坐到我身边对我耳语：“我想和你说说话，你打毛衣的样子真像我妈妈。”当然，她母亲也是德国人，德国人共享一种织毛衣的方式。

根据协同一致的实践活动和使用工具的类型来定
义一个群体，这一历史性进程是强有力的。它不仅强 8
化了地理或种族的分配，也影响了工作的性别划分。当某种技术和工具的使用由男性主导时，男子气概便成了那些技术的定义中的一部分。正是由于这些根深蒂固的原因，女性才很难进入我们现在所称的“非传统”职业。如果工程学是男性的，而男子气概是工程学的一部分，那么男性就很难接受女性进入这一专业领域。女性若轻而易举地获得了参与该实践所需的知识，对男性从业者来说，这似乎只会增加他们可感知到的威胁。所以年复一年，工程系教员们开启了粗鲁的、带着性别歧视的和令人憎恶的研究项目，将整个专业领域建构成男性的，即便其中有女性从业者。

由某种技术所代表的共同实践，除了导致文化和性别上的身份构建之外，还给实践者带来了独有的实践某种技术的“权利”。专业便是这样诞生的。牧师、医生、律师、工程师和社会工作者都声称对某种工具和某项技术拥有独享的权利。

将技术视作实践这一概念的另一面是这样一个事实：实践可以定义内容。我刚刚提过肯尼思·博尔丁的话，他认为同时存在祈祷和耕作的技术。大多数宗教信仰的经书都十分精确地展示了祈祷的实践，而这种对实践的展示意味着其他形式的崇拜活动——无论它
9 们看上去多么虔诚——都被认为是不合法的祈祷。举
个例子，你也许会觉得演奏或聆听一段特殊的宗教音乐是对救赎的深切渴求，但它并不是祈祷。我们必须记住行事的技术在很大程度上定义了活动本身，而且由此排除了做“它”的其他方式的出现，无论这个“它”是什么事情。历史上无不如此，但今日更甚，因为今

天有太多活动是由技术构建起来的。

用行事的方式或规定好的行事方式来定义实践的内容似乎很容易，看上去也挺客观。比如教书这件事，目前来说它是一种受限的实践，只能在特殊的地点、由特殊的受过训练或被任命的实践者施行。在工作过程中有人对你进行指导，这并不能算是一种教书行为，因为你无法由此获得学分。我觉得我们有必要认识到，被定义为实践的技术将其内部的文化链条展现给我们看，让我们明白技术不是蛋糕上的糖衣，技术是蛋糕本身的一部分。

让我们来区分技术发展的两种方式。首先，存在与工作有关的技术，这种技术令真实的实践活动更容易完成。比如电子打字机取代机械打字机，这就是与工作有关的技术的进步。其次，还存在与控制有关的技术，这种类型的技术进步的原初目的并不在于让工作过程更加简便，而是试图在操作过程中增强控制。 10
想想文字处理器，独立式的文字处理器当然是与工作有关的技术，但若把这些文字处理器与一个工作站联系起来，也就是将之纳入一个系统，这样的技术便是与控制有关的了。工人们会被计时，任务可以被拆散布置，操作员之间的交互关系可以被操控。大多数现代技术改革包含了控制，所以新的与控制有关的技术及其应用的增长比与工作有关的技术及其应用的增长快得多。[5]

要理解与控制相关的技术和与工作相关的技术之间的差异并不难，但我现在想介绍一个更难理解的概念。我想试着区分两种截然不同的技术发展形式，即**整体性技术**（holistic technologies）和**规范性技术**（prescriptive technologies）。[6]让我们再一次将技术看作实践，但现在我们看看在工作层面上到底发生了什么。整体性技术和规范性技术的分类方法包括了完全不同的专业化过程以及劳动分工（division of labour），由此带来了不同的社会和政治影响。我强调一下，我们要问的不是技术做了**什么**，而是事情是**怎么**做的。

整体性技术一般与手工制作的概念有关，工匠

---

5 David F. Noble, "Present tense technology" in *Democracy*, Spring/Summer/Fall, 1983. 其作为专题论文再版，见*Surviving Automation Madness* (San Pedro, CA: Singlejacks Books, 1985)。

6 Ursula M. Franklin, "The beginning of metallurgy in China, a comparative approach," in G. Kuwayama, ed., *The Great Bronze Age of China: A Symposium* (Seattle: University of Washington Press, 1983).

们——制陶工人、织工、金属锻工或厨师——从头到
尾控制着他们自己的工作过程。随着工作的进展，他
们的手和头脑会做出与情景相符的决定——陶器的厚
薄、刀锋边缘的形状或者是烘焙的成熟度。只有处于
工作进程之中他们才能做出这些决定。而且他们利用 11
自己的经验，每次都将之运用到独一无二的情境中，
由此，他们生产出来的产品都是独一无二的。无论对
观察者来说这些陶器有多么相似，每一片陶瓷在制
作过程中都是独特的。以下是薇塔·萨克维尔-韦斯
特[7]的诗歌《大地》中的几行句子，它们表达了整体性
技术的含义："众工匠共享一种知识。他们已固定现实，
将之放平变为长椅；他们顺从心意来伐木，用耐心的
梭子，迫使图案延绵。控制属于他们。"[8]使用整体性技
术并不意味着人们不会聚在一起工作，但是他们共同
工作的方式会留给个体在创造某物或完成某事的特定
过程中的控制权。

---

7 薇塔·萨克维尔-韦斯特（Vita Sackville-West，1892—1962），英国作家、诗人、园艺家，两获霍桑登文学奖，其中一次正是凭借诗歌《大地》（"The Land"）。——译者注

8 Vita Sackville-West, "The Land," from *Collected Poem* (London: The Hogarth Press, 1934).

引用梅尔维尔·赫斯科维茨[9]在其作品《经济人类学》(*Economic Anthropology*)[10]中的话，对我们理解整体性技术的概念也有所帮助。赫斯科维茨向我们指出了在历史上的诸种社会形态中能找到的复杂的专业化进程，他写道："某些男人和女人(原文如此)不仅专门从事一种技术，还专门生产某种特定种类的产品。比如有些妇女把她们的时间都放在生产日常陶器上面，而另一些妇女则专门生产为宗教仪式而准备的陶器。我们有必要再次强调，除开某些特别不寻常的情形，我们找不到这样一个组织：一位妇女专门负责收集黏土，另一位妇女负责给黏土塑形，第三位妇女负责烧制；又或者是这样，一个男人完全只做收集柴火的工作，另一个男人负责打造某个工具或模型的雏形，第三个男人负责将锻造工作做完。"

12 这一种由产品决定的专业化，我称之为整体性技术，这种技术相当重要，因为它让从业者完全控制整个生产过程。另一种相反的、由进程决定的专业化，

9 梅尔维尔·赫斯科维茨(Melville Herskovits, 1895—1963)，美国文化人类学家，代表作有《人类及其创造》《经济人类学》等。——译者注

10 M. J. Herskovits, *Economic Anthropology* (New York: Alfred A. Knopf, 1952).

我称之为规范化技术，这种技术依靠完全不同的劳动分工。在这种技术里，制作某个东西或做某件事情的进程被划分为明显可辨识的诸多步骤，每一步都由一个独立的工人或一群工人完成，这个（群）工人只需要熟练完成自己的这一个工作步骤，这便是“劳动分工”的一般含义。

这种类型的劳动分工对我们来说并不陌生，它兴盛于英国工业革命，当时的工厂系统正是由这种劳动分工的大规模应用带来的。[11]然而，这种劳动分工的年岁其实更加久远。我们在罗马帝国晚期也找到了它，彼时的赭色黏土陶器和萨摩斯细陶器就是由规范的、受控制的技术生产出来的。我们有关于劳动力组织和技术的详细说明，也有工艺产品的样本，所以产品基本上都是在确保最小偏差的情况下大规模批量生产出

11 关于劳动力和工厂系统的区分之一般讨论，参见Christopher Hill, *Reformation to Industrial Revolution*, volume 2 of *The Pelican Economic History of Britain* (New York: Penguin, 1967)；Eric Hobsbawm, *Industry and Empire: From 1750 to the Present Day*, volume 3 of *The Pelican, Economic History of Britain* (Baltimore: Penguin, 1977)；Andre Gorz, ed., *The Division of Labour* (Hassocks: Harvester, 1978)。

来的。[12]但是，甚至早在一千年之前，中国的青铜器生产就已经是由**出类拔萃的**规范性技术组织起来的了，其过程中存在很明确的由生产进程所决定的劳动分工。[13]

中国古代的炼青铜方法——这种方式的开端可以追溯到公元前 1200 年——确实是一种基于**生产**的方法。在之后的历史中，中国用同样的劳动分工和生产方法来炼铁，这在世界上也是独一无二的。这也使得
13 中国的炼铁术的出现比西方早上一千多年。在炼铁出现之前，锻铁是主要的铁制品加工方式，这种方式是更偏向整体性技术的。事实上，锻铁的制作方式几乎就是整体性技术的样板。

我想花点时间来描述一下中国的青铜冶炼技术，不仅仅是因为我喜爱中国的青铜器，以及我在它们身

---

12 D. P. S. Peacock, *Pottery in the Roman World* (London: Longman, 1982). 关于一般的罗马技术，参见K. D. White, *Greek and Roman Technology* (Ithaca, NY: Cornell University Press, 1984)。

13 Ursula M. Franklin, "On bronze and other metals in early China," in D. N. Kneightley, ed., *The Origins of Chinese Civilization* (Berkeley: University of California Press, 1983). 另见Ursula M. Franklin, "The beginning of metallurgy in China," and P. Meyers and L. Holmes, "Technical studies of ancient Chinese bronzes," in G. Kuwayama, ed., *The Great Chinese Bronze Age of China*。

上花费了不少研究时间，也是因为中国的炼青铜技术简直就是规范性技术及其带来的社会影响的完美例子。请千万不要以为思考中国青铜器制作的细节与我们目前要讨论的话题没有半点关系，在我看来，理解规范性技术带来的社会和政治影响，是理解我们所处的技术的真实世界的关键。

想象一下，现在是公元前 1200 年，商朝的鼎盛时期。人们必须要制造一个巨大的仪式器具——比如说一个大锅，也就是一个三足鼎，与目前能在安大略皇家博物馆看到的样本一样。首先，一个实际大小的鼎的模具被制作出来，通常是由黏土制作的，也有可能是木头做的。考古学家们发现了大量这样的模具，这种模具要跟实际生产的器具一模一样，包括上面的装饰。通过把黏土分层放入模具——首先是品质优良的黏土，再是一些织物废料——并让其逐渐风干，就生产出了一个鼎的模型。然后，这个模型被很小心地切成几个部分，整个模型就像我们平常剥橘子瓣那样被切分。由于模型被切分，也就到了所谓的“块件模型”阶段。这些模型分块被焙烧，以完全固定它们的形态及其装饰物。它们必须在比铜和青铜的熔点还要高的 14

温度下被烘烤，因为之后它们会被置于该温度下。通常来说，这种制作技术只可能存在于已经发展出了高温焙烧陶瓷技术的文明之中。

一旦这些块件焙烧完毕，它们就会被围绕一个核心重新组装起来，但块件与核心之间要保留一定距离，以让整个模型大到能够接收熔化的金属。这次模具组装当然要考虑到留下通道以方便液态金属灌入块件与核心之间的间隙，还要考虑到留下通道让被液态金属取代的空气完全流出，以保证铸件的品质。一旦模型重新组合，并被放置在一个制作凹槽中，就可以开始灌入液态金属了。

到了整个过程的这一阶段，基本上有两个主要的步骤被执行了。模型的设计者和建造者在制作过程中使用的方法保障了整个模型的铸成，也保障了它能被分成块件，这既需要设计的专业技能，也需要对接下来进程中的每一步骤都有先见之明，因为它们全依赖模具的正确设计。

模具设计之后的模型制作、切分、焙烧，以及围绕核心进行组装以准备器具的制作等步骤，构成了一系列精细的操作，而这些操作都需要陶器制作方面的专业技能。

模型组装之后的工作步骤需要不同的专业技能。金属必须被准备好，合金必须以恰当的比例混合好，并且被加热到足够高的温度以熔化，并成功完成器具的制作过程。大部分——即便不是所有的——中国青 15
铜器都加入了足够的锡，以使制作出来的物品能够拥有精细且精心设计的外表。我们在这儿讨论的可是大规模的生产。令人惊讶的是，到了商朝晚期，中国人制造的锅具总重量达到 800 公斤甚至更重。通过技术分析，比如对器具进行 X 光探照，我们发现这些器具是在同一次金属浇灌中被制作出来的，这意味着各个金属工人小组要用一吨重的液态青铜来制作一个巨大的器具。这些合金要在超过 1000 摄氏度的温度中才会熔化，它们从熔炉中被倒出，其中大量金属液体要在完全同步的情况下被倾倒出来。

想想如果由你来指挥这样一群劳动力。而且请记住，这些制作过程并非为了什么特殊事件，考古证据显示,这种规模的制作行为是日常化的。目前所发现的制作材料的规模，以及这些材料仅占生产总量的很小一部分这一事实，向我们确保了一种更大规模、协调一致的生产单位的存在。

直到作为一名冶金学家的我开始考虑如此大规模的生产单位将会带来什么的细节问题时，才领悟到规范性技术那极为特殊的社会意蕴。我开始理解它们的含义，不仅是在青铜器制作方面，也是在纪律与计划、组织与命令方面。

举个例子，让我们聚焦于发展这种生产单位所需
16 要的精确度、指示和控制。与在整体性技术中发生的正相反，中国青铜器铸造业中制作模具的陶艺工人，在生产过程中几乎没有自行判断的空间，他必须按照严格的指示来行动。在这种情况下，他的操作要么是完全正确的，要么就是错误的。而什么样的操作是正确的，已由其他人事先告知。

当工作是由一系列独立的、可执行的步骤构成时，工作的控制权就掌握在了组织者——老板或经理——手中。工作过程本身必须有足够精确的规定，使每一个步骤都能与前后的步骤相匹配。只有这样，最后生产出来的产品才能符合要求。这样的工作就像一首乐曲般被精心编排——它既需要乐器演奏家展示自己的能力，也需要他严格依附乐谱，以令最后的作

品听起来像音乐。规定性技术构成了一个主要的社会发明，用政治术语来说，规定性技术就是**服从的设计**（design for compliance）。

当工作在这样的设计之中时，劳动力便会适应一种新的文化环境，其中外部的控制和内部的服从会被视为普通而必需的。这样，逐渐就只存在一种行事的方式了。古代中国人或许不会再想象出其他任何生产青铜器的方式，就好像今天的我们无法再想象整个世界用其他方式制造汽车。

青铜制造并不是古代中国唯一一个应用规范性技术的领域，相同的技术被用来制作经纱纺织品和某些陶瓷产品。我认为历史上中国人较早地适应了规范性
工作的文化环境，这一点须被视为塑造中国人的社会、 17
政治思想和行为的要素[14]，其中就包括了早期形成的各种形式的官僚主义、科举考试，以及对“礼”（正确的行事方式）的强调。

今天的技术真实世界正是由规范性技术的支配所

14 Ursula M. Franklin, J. Berthrong, and A. Chan, “Metallurgy, cosmology and knowledge: The Chinese experience,” *Journal of Chinese Philosophy*, 12:4, 1985.

塑造出来的。规范性技术并不受物质生产的约束，它们同样被运用到管理和经济活动以及行政的诸方面之中，而我们生活的技术真实世界正是建立在规范性技术之上的。我们不应该忘记，这些规范性技术是极其有效又极具影响力的，与之相伴的是巨型“社会抵押”，这种抵押指的是我们生活在一种服从的文化中，我们比以往更习惯于接受“正统”，视之为正常，也更习惯于接受行事的方式只有一种。

随着时间推移，越来越多的整体性技术被规范性技术取代。工业革命之后，当机器加入了劳动大军，规范性技术如同水面的浮油一般迅速散开。现如今，依据规范性技术和切分式技术来设计几乎所有事物的诱惑太过强烈，以至于许多本应以整体性方式完成的任务都由规范性技术完成了。所有需要即时反馈和调整的任务最好都整体性地完成，因为这些任务不像规范性任务那样必须进行计划、调整和控制。

18 当规范性技术成功进行时，确实能够产出可预测的结果。它们生产出预先设置好数量和质量的产品，于是技术本身成了秩序和结构的代理人。（技术的这一方面很容易被那些视技术主要为运用科学知识解决实际需求和问题的人所低估。）规范性技术所产生的秩序已从工作**中**的秩序和工作**的**秩序，转移到处于各种各样的社会位置的人的规范性秩序。

让我们稍瞥一眼这种发展的外延，想一想新出现的“智能”建筑。工作在建筑中的人手持一张有条形码的卡就能进入建筑中他们进行工作的区域，但无法去往建筑的其他地方。这就是兰登·温纳[15]在其作品《鲸鱼与反应器》(*The Whale and the Reactor*)[16]中亲切称道的“社会交易的电子足迹”，因为技术的确立不仅能够吸纳和排除参与者，还能精确地告知每一个个体他或她能在哪儿消耗时间。你能——只是天马行空地——想象要是亚当和夏娃不住在伊甸园而住在一栋智能建筑里会发生什么吗？神圣的造物主或许完全可以巧做安排以令他们永远看不到苹果。但先把玩笑放一边，规范性技术普遍上消除了做决策和判断的机会，尤其是做**原则性**决断的机会。技术的任何目的

15 兰登·温纳(Langdon Winner, 1944—)，美国伦斯勒理工学院科技研究所人文与社会科学系主任，代表作有《自主性技术》《鲸鱼与反应器》等。——译者注

16 Landon Winner, *The Whale and the Reactor: A Search for Limits in an Age of High Technology* (Chicago: University of Chicago Press, 1986).

都先验般地存在于设计之中，而且是不可协商的。

19 让我们来总结一下：作为物质生产的方式，规范性技术给技术的真实世界带来了丰富而重要的产品，这些产品提升了我们的生活质量，让我们活得更好。同时，它们也创造了一种服从的文化。对服从和一致性的文化适应反过来加速了规范性技术在管理、行政和社会服务方面的应用，也减少了民众对控制与规范的抵抗。

在我谈论技术的真实世界时，有一些概念会反复出现。规模的概念便是其中之一。规模经济与工业生产的发展有着密切的关联，我们时常能在 19 世纪的英国关于工业化和使用机器的讨论中听到对规模经济的颂扬，现在，当人们辩论企业的兼并和收购时，这套论调又出现了。

规模这一概念最初仅仅被用来表明大小差异：人们觉得一间大教堂的规模怎么也得跟一间乡村小教堂的不一样；庄园宅邸的建设规模，要跟劳工生活的村庄有所区分。大规模指向的是更大的声望，而不是改善的功能。只有当规模这一概念被运用到生产技术上时，规模的增长才被认为是效率的增长，并由此使

工厂主获益。规模的概念，从对比关系的测量转移到了对价值的计算。价值取向的短语“大则优”——甚 20
至都不说明**对谁**来说是“优”的——就是在以生产为中心的语境中才出现的。

处于规模概念的不同使用方式之下的，是两种不同的隐喻模式：一种是生长模式，一种是生产模式。沟通总是需要模式和类似物的，为了在讨论中成为有用的工具，模式和隐喻应基于共享的、得到普遍理解的经验。生长的特征、过程和循环往复，每一个生长的有机体构成之多样性，都能在历史记录中产生共鸣。

许多民间风俗对过度生长保有偏见。童话故事里的巨人通常是蠢笨的，小个子却是聪明机灵的。一般经验教导我们，世界是由具有不同却合宜的尺寸的事物构成的，这一点在所有的生长模式中都被认同——不同的功能性实体和空间都有其尺寸。任何生长模式都暗示了这样一种观念：尺寸和规模都是被给予特定的生长的有机体的。

尺寸是生长的自然结果，但生长本身是不能被强取的，它只能通过提供一种适宜的环境而得到培育和鼓励。生长是发生性的，不是制造出来的。在一个生长模式之内，人类所能做的就是发现对生长而言最适宜的条件，并努力满足这些条件。在目前每一种环境中，生长有机体都是按自身的比率发展的。

生产模式则完全不同。在该模式中，事物不是生长而是制作出来的，制作发生在完全受控制的条件下——至少原则上是这样。有这样一种假设：如果在实践里这种控制并不完全存在或者有所缺陷，那么在模式之中，知识、设计和组织的提升就会发生，以令所有基本参数都处于控制之中。这样一来，生产就可以预测，但生长不能。生产模式中有一点令人宽慰：万事似乎都在掌控之中，没有什么是留给机会的，但生长总是不确定的。

生产模式在感知和建构中不存在通往更大语境的链接，这使得特定的模式能够适用于许多情况。与此同时，这样的方式低估和忽视了生产活动对周边环境带来冲击的一切影响。这种**外部事务**被认为是与活动本身无关的，是另一种事务。[17] 想想产品线这样一种

17 外部事务的概念以及相关的整体成本的概念被广泛讨论，特别是与技术评估相关联。关于这一点的一般视角可参见*Canada as a Conserver Society* (Ottawa: Science Council of Canada, Report #27, 1977)。

工作场景，其中存在很多重要因素，比如污染或者工人们的身体和心理健康，这些因素被认为是其他人的问题，是外部事务。

现在我们知道了，这种对语境的低估和对外部的、交互式的影响的忽视实际上会带来麻烦。我们知道，世界环境的恶化正是源自这样一种不恰当的模式。从市场看来廉价的生产进程，从更大的语境来看，通常是浪费和有害的，而生产模式很容易让我们以为相互影响的因素彼此之间没有关联。

值得花上一分钟时间来想想，我们是不是应该在 22
生长模式上花费比在生产模式上更多的思考时间，即便在今时今日，生产模式几乎已成了公共和私人讨论的唯一指导。认识到在过去的时间中生产模式频繁地取代生长模式成为公共和私人生活的指导，是一件有益的事情，这种取代甚至发生在使用生长模式会带来更丰富的成果并远为恰当的领域内。以教育为例，尽管我们都知道一个人知识和观察力的进步速度是由个体决定的，但中小学和大学仍以一个生产模型来运作。这不仅是让学生依照严格的规划接受测试和发展（至少在我过去 20 年一直进行教学的大学里是这样），而且优秀大学的学生和他们的家长经常被提醒，不同的大学制造不同的“产品”。在所有的生产活动中，用户的抱怨通常被严肃对待，这些抱怨能带来产品线的调整和改进。因此，来自工业领袖的不利评价或许会使大学额外设置企业家精神、工程师伦理、化学家认读、艺术史家资金筹募等课程。其中的含义似乎是，选择一个特定大学，跟随一个特定的团体，就能把学生变成一个特定的、可辨识的产品。

然而，做教学工作的人都知道，将教学转变为学习的“魔法时刻”依赖人类本身，以及教师的教学品
23 质和以身作则。这些因素都与生长的一般环境而非任何外部设计参数有关。如果存在这么一个生长进程，这么一个整体性进程，一个无法被划分为各种严格按规定执行的步骤的进程，这个进程就是教育。

类似的不以生产模式替代生长模式的论点也可以从卫生保健和新生物技术的大规模使用的例子中得出。对我而言，关于生产技术和生产性思考入侵的最惊人的例子是新的人类生殖技术。对胎儿最密切的监控以及一些极具侵略性的产前技术，只能被认为是对胎儿的质量控制，与之相伴的还有抛弃不合标准的产品。

在另一个场景中，生长模式和生产模式之间的关系存在一种有趣的对比。这种情况发生在人口统计学和人口增长领域中。你们应该记得，在工业革命之前，人们对数字和人口着了魔。在这个时代，马尔萨斯、里卡多和亚当·斯密，这些人全神贯注于底层人口的增长。[18]

奇怪的是，这时候没有人如此关注富裕阶级人口的增长。比如，维多利亚女王生育了 9 个孩子，她的丈夫过世时，最小的孩子才 3 岁。她有 39 个（外）孙辈，她所有的孩子和孙儿孙女都活过了襁褓期，这在当时是常事。人们或许会认为，维多利亚女王的 39 个孙儿孙女所消耗的公共资金理所当然比矿工和农民的妻子生育的 39 个孙儿孙女要多得多。虽然如此，但穷人的 24
生育人数才是经济学家和统计学家关注的对象。从彼时起，“人口统计学”才成为一门合法的研究。

今天，人口预测依赖大量可靠的数据。与人口增长以及满足不断增长的地球人口的需求有关的议题，要在合理的实际信息和发展方法论基础上进行讨论。

18 Maxine Berg, *The Machinery Question and the Making of Political Economy, 1815—1848* (Cambridge: Cambridge University Press, 1980).

然而，面对全球持续增长的机器和设备数量，却不存在相应的统计学，我在前面强调过这种情况。[19] 这种统计学的缺席是十分显著的现象，其实只要有政治意志去做这件事，恰当的数据库的建立是没有问题的。

拿汽车来举个例子，在过去的一百多年里，汽车已经成为许多社会的一部分。支持汽车数量增长的社会结构十分到位——生产汽油以及建设加油站以递送汽油，道路和桥梁，汽车轮渡，还有车库。我们知道烟雾和废气排放、能源限制和交通问题的存在，但对轿车和卡车生产量的控制仍没能在任何公共决策中提上紧急项目日程。对此，我们很难找到有效的统计，因为没人会做直接服务于个人的机器设备的数量调查。我们对世界各地人类的生活期许了解很多，比如他们保持健康所需要的热量，等等。但我们对机器设备所需要的全球能源以及它们的使用寿命几乎一无所知。中国可以为了国家的未来而实行严格的“一胎
25 化”政策，而且一般而言，该政策受到了国际社会的认可。但在北美、西欧或日本社会，为了整个世界的

19 Ursula M. Franklin, “Where are the machine demographers?” *Science Forum*, 9:3, 1976.

未来，政治层面的“一车化”政策的严肃决定能够存在吗？或许现在是时候认真考虑机器统计学了，我们需要对机器数量控制做出真实的讨论。

技术的真实世界看上去包含了对机器设备的固有信任（“生产受控”），还包含对人的基本理解（“生长是不确定的，我们永远无法确保成果”）。如果我们不想把人类视作问题资源，把机器设备看作解决问题的资源，那么我们就需要把机器设备当作我们在地球上的同居者，并以适用于人类数量统计的有限参数来思考它们。

开始这场演讲时，我把技术视作实践。对特定技术的一般实践可以让人们获得认同，并给予他们对自身的定义，同样也可以识别和限制可做之事的内容。之后我谈到了关于劳动力区分的考量，并且强调了规范性技术的重要性，这些目前几乎包含在所有技术活动中的规范性技术是——用社会概念来说——关于服从的设计，在这一点中我发现了技术、社会和文化之间最重要的一个链接。我用古代中国的一些例子详细阐明了这一链接。之后我触碰了规模的概念，规模概念从用于对比的简单参数，转变成了允许我们讨论贯 26

穿历史持续到现在的两种不同模式——一种是生长模式，一种是生产模式——的价值参数。正如在技术的真实世界中，规范性技术对整体性技术大获全胜，生产模式几乎也成了公共和私人的思想和行动的唯一指导模式。

生产模式毫无争议地在我们这个时代的精神状态和政治话语中流行，而且这种模式被公然误用到不恰当的情境中，对我而言，这证实了作为实践的技术深刻地变更了我们的文化。这种新的、基于生产的模式和隐喻已经深深扎根于我们的社会和情感的构造中，质疑它们似乎已经变成了一种亵渎。由此，我们可以质疑人的价值（回到我刚刚提到的关于人口统计学的议题），但不能质疑技术及其造物的基本价值。

但，我们必须质疑。我的观点是，目前基于生产模式来规划和运转的技术的真实世界，已经不适合完成我们试图解决的任务。所以，任何针对技术真实世界的批评和评估，必须包括对隐藏在现有模式之下的结构的严肃质疑，以及通过质疑这一结构来质疑我们的思想。让我再一次引用肯尼思·博尔丁的话吧：

蹒跚学步后，我们才会行走，
但我们可能蹒跚了太久，
如果我们拥抱一种可爱的模式，
它既坚固、清晰，又错误。[20]

20 R. P. Beilock, ed., *Beasts, Ballades and Bouldingisms* (New Brunswick, NJ: Transaction Books, 1980).

第二章

我把这些演讲叫作“技术的真相”是出于两个原 27
因。一个是我想向 C. B. 麦克弗森及其 1965 年的梅西讲座《民主的真相》致敬，我试图以麦克弗森观照民主的方式来观照技术，视之为理念与梦想、实践与程序、希望与神话。另一个则是我想在我们生活与工作的真实世界的语境中谈论技术，也谈论它对于全球人类意味着什么。这便是标题中关于“真实”的部分，在第一篇演讲中，我把时间花费在论述作为实践的技术的某些方面，现在我希望来强调关于“真实”的部分。

当我谈论真实时，我并不是想变身为一个哲学家，我是基于普通人的日常生活经验来思考真实。真实存
在着不同的层级，我想先快速谈一下这些层级，然后 28
再来看一看，它们是如何被构建了我们真实世界的技术所影响的。

第一个层级的真实是一种本质上的东西，是直接的行动和即时的经验，是我愿称之为**在地真实**（vernacular reality）的东西。[1] 它是面包和黄油，是汤

1　此处“在地”（vernacular）一词的使用与伊凡·伊里奇（Ivan Illich）在其作品中的用法并不完全一样。然而，我之所以选择使用这个概念，就是为了强调与伊里奇的思考所产生的共鸣，可参见他的文章“Vernacular values,” in *Shadow Work* (Boston: M. Boyars, 1981)。

水，是工作，是衣物和庇护所，是日常生活中的真实。它既是私密和个人化的，也是公共和政治性的。女性主义者经常强调个人的就是政治的[2]，正是这种领悟影响了我自己的思考，它也会渗透在我即将要说的话里。

出于这些演讲的目的，我把我们从他人的经验那儿获得的知识和情感主体称为**延展真实**（extended reality）。在这种真实里，我们拥有了各种各样必需的经验，就好像我们亲身经历过一样，比如战争的经验、沮丧的经验、老去的经验、出国旅行的经验、宗教信仰的经验，这些经验是那些有天赋的人通过语言转述给我们的。延展真实还包括手工制品——收藏在博物馆里的那些东西——我们努力将之转化为自身真实中的一部分，因为我们中意依靠连续性，依靠来自过去的经验，这种渴求甚至强大到让一部分人宁愿听原始乐器演奏的乐曲，以使自己与那个时代的联系更加具体。

在延展真实之上，是我称之为**建构**（constructed）或**重构真实**（reconstructed reality）的东西。这种真实的

---

2 关于女性主义的背景信息，可参见如Jessie Bernard, *The Female World* (New York: Free Press, 1981)；Mari French, *Beyond Power* (New York: Summit Books, 1985)。

表现范围从涌现在我们眼前的虚构作品，一直到广告和政治宣传对我们的狂轰滥炸。它包含了对那些原型 29
化而非再现性的情境的阐释和说明，这些说明为我们提供行为模式。我们认为这些模式很真实，即便我们知道那些情境不过是为了让特定的模式显得更清晰明了而被构建出来的。所以，当读陀思妥耶夫斯基时，我们知道宗教大审判不只是俄国历史中的一幕，它还是一种审判的模式，是全世界无权无势者在权势者面前所发生之事的原型。每个圣诞节，狄更斯笔下的吝啬鬼斯克鲁奇[3]都会作为坏脾气的自私佬的原型被到处宣扬。建构或重构真实是维系普遍性文化构造的一部分，它们成为在地真实不可缺少的一部分，以至于一个初来乍到者会遭遇根本就理不清的谜语。我刚到加拿大时就遇上了这种事儿，当周围的人因为某个笑话而开怀大笑时，我完全不明白笑点在哪儿，这种感觉让人十分尴尬。

最后一个层级是**计划真实**（projected reality），也就是未来的在地真实。它深受我们现在的行为的影响，

3 吝啬鬼斯克鲁奇，是狄更斯著名小说《圣诞颂歌》（*A Christmas Carol*）中的主人公。——译者注

甚至由现在的行为所导致。天堂与地狱或者死后的生活对某些人来说曾经是、也仍旧是计划真实。今天，我们甚至拥有“未来”本身，例如五年计划、商业模式，与面包售价或薪资水平相比，这些东西同样甚至更能够影响人们的行动和态度。

各个层级的真实都深受科学与技术的影响，但在描述这一点，特别是从时空真实方面来考量这一点
30 之前，我得简要地说一说技术真实世界的另外两个方面：一个是科学与技术之间的关系，另一个是经验的本质。

关于科学与技术的关系，人们通常认为科学是技术的先决条件。严格来看，我不确定这一点是否正确。的确，科学在 17 世纪和 18 世纪的西欧刺激了大量技术的诞生，然而在今天，科学与技术之间是不存在阶层式关系的。科学不是技术之母。今日之科学与技术的关系是平行、并列的，它们彼此刺激与利用。科学与技术更适合被看作一个企业，其内部包含相互联系的活动谱系；而不是两个不同领域——科学是一个，应用科学和技术是另一个——的努力。在详细说明其他的限制因素前，我会很认真地将科学和技术比

作企业的统合。

尽管我刚刚那样评价科学与技术，我还是想花些时间夸夸科学方法。科学和技术毕竟不只是知识体，它们还是实践与方法的集合。我们西方人所理解的科学方法是一种将知识从经验中分离出来的方法。正是有了科学方法的力量，我们才能在特殊性中获得一般性，并反过来将一般规律和法则运用到特殊的问题之中。由此，今天才会出现这样的情况：一个大学生能从从未真正建造过任何桥梁的人那里，学会如何建造桥梁。[4]

在系统研究完全从一般语境中剥离出来的情形 31
中，科学方法能够取得最好的效果。这就是为什么科学方法的第一场胜利发生在天文学领域。

另一方面，如果忽略语境才能实现一般化，那此时将这种一般性运用到特殊性之中是最难成功的。这些关于还原主义、不考虑语境以及文化偏见的问题经

4 W. H. Vanderburg, *The Growth of Minds and Cultures* (Toronto: University of Toronto Press, 1985) and "The John Abrams Memorial Lectures," in *Man-Environment Systems* (special issue on science, culture, and technology), 16:2/3, 1986.

常在对科学方法的批评中被提及。[5]但我们很少听人论及将知识从经验中分离出来（这对于所有的科学方法而言都是与生俱来的）对人类和社会所产生的影响。这些影响传播得很广泛，从人类的视角来看，我认为它们是严重的，而且会令我们变得衰弱。

今时今日，科学式的建构不再是描述日常生活的方式之一，而成了描述现实的唯一方式，这造成人类对自身经验和感觉的依靠程度有了非常明显的降低。人类的视力和听力，嗅觉、味觉和触觉，本是极好的工具。所有的感觉，包括非常恰当地被命名的“常识”（common sense），都臻至完美，但可惜的是，如今我们已不再信任这些感觉。举个例子，我们知道在哪个节点上不间断的噪声会让我们头疼，但我们仍然觉得自己需要一位带着仪器的专家来测量噪声的分贝。这位专家不得不将测量出的噪声级别与一份图表进行比较，后者表明的是不同噪声级别对神经系统的不同影响。只有当那份图表和那位专家同时声称“是的，就

5 M. L. Benston, “Feminism and the critique of scientific method,” in *Feminism in Canada*, A. Miles and G. Finn, eds. (Montreal: Black Rose Books, 1982); H. Rose and S. Rose, eds., *Ideology of/in Natural Sciences* (Cambridge, MA: Schenkman, 1980).

是这样，这里的噪声级别已经超过了科学研究确立的 32
人类忍受范围”，人们才会真的相信是噪声而非他们的想象之物给他们带来了持续的头疼。我在这儿讨论的不是一个非此即彼的情境，并非要比较个人经验和已确立的测量程序二者哪个更优；我所讨论的，是普通人对自身经验的降级与低估，他们实际上完全有能力解释自身感觉告诉他们的东西。我之所以细说此事，是因为在技术的真实世界之中，对经验的降级以及对专业的赞颂是一个非常明显的特征。[6]强调这一点有时是十分重要的，因为科学方法将知识从经验中分离出来，这在质疑科学测量结果与专家意见之间的差异时很有必要，但这并不意味着质疑和低估经验。应该让经验来引导知识的修正，而不是让抽象的知识强迫人

6 B. J. Bledstein, *The Culture of Professionalism* (New York: Norton, 1976); Barbara Ehrenreich and Dierdre English, *For Her Own Good: 150 Years of the Experts Advice to Women* (London: Pluto Press, 1979); Carolyn Marvin, *When Old Technologies Were New* (Oxford: Oxford University Press, 1988); W. Armytage, *The Rise of the Technocrats: A Social History* (London: Routledge and Kegan Paul, 1965); Savid Collingridge, *The Social Control of Technology* (New York: St. Martin' s Press, 1980); M. J. Mulkay, *Science and the Sociology of Knowledge* (London: G. Allen & Unwin, 1979); J. R. Ravetz, *Scientific Knowledge and Its Social Problems* (Clarendon: Oxford University Press, 1971).

民认为他们的经验是不真实或错误的。

女性主义作家尤其经常呼吁人们改变评估技术对社会和人性的影响的方式。[7]他们强调，这种评估应该基于生活在科技接收端的人们的实际生活经验；他们还把注意力引到专家的压倒性地位，以及无法对需要认证的专业技术提出要求的人——比如许多女性——身上，因为这些人没有将他们的知识与自身的生活经验分开。我预见，针对技术的评估会发
33 生很大的变化，这些变化最终将导致直接经验被引入评价体系之中，因为毕竟直接经验才是在地真实的核心。

前面提到的所有层级的真实——在地真实、延展真实、建构真实和计划真实——深受现代技术的影响和曲解。应该记住，我们感受到技术极大地影响了自

7 Cheris Kramarae, ed., *Technology and Women's Voices* (New York: Routledge and Kegan Paul, 1988); Heather Menzies, *Fast Forward and Out of Control* (Toronto: Macmillan of Canada, 1989); Ruth Schwartz Cowan, "The Consumption future," in *The Social Construction of Technological System*, W. E. Bijker, T. P. Hughes and T. J. Pinch, eds., (Cambridge, MA: MIT Press, 1987); Donna Smyth, "The Citize scientists—What she did not learn in school," in *Canadian Women's Studies*, 5:4, 1984.

己的生活，而这些技术在历史中其实是非常近期才出现的。比如说，电磁和电子技术的实际运用深刻地改变了世界的现实状况，但它们出现才不到 150 年。再想想信息传输的速度，在远古至公元 1800 年的时间里，这一速度是没有变化的，无论拿破仑还是亚历山大大帝，甚至连皇帝们都必须依赖马匹或其他乘骑来传送和接收信件。突然间，在公元 1800 年左右，信息传输从疾马奔驰的速度转变为电子传输的速度，也就是光速。在 1800 年之前，人们主要通过视觉信号来完成事务，特别是在军事领域。但是到了 1800 年左右，人们研发出了更有效率的电池，并且使远距离电子信号的传输变得可能，到了 1825 年，充足的电磁铁能够产生出电流和磁场，它们派上了很大的用场。

1833 年，两位德国教授，高斯（Gauss）和韦伯（Weber），将一根长约 1.5 英里（约 2.4 公里）的铜线串联在哥廷根大学各个建筑的屋顶上，并顺着这根线发射电脉冲。与此同时，在美国，塞缪尔·摩斯（Samuel Morse，摩斯密码的发明者）正在进行
信号传输的实验。1844 年，摩斯成功地穿起一根长 34
达 60 公里的线，并用摩斯密码发送了一则信息。他

传送了这个句子：“上帝创造了何等奇迹？”由此，便于使用的信息迅速传输方式诞生了。1876年，亚历山大·格拉汉姆·贝尔（Alexander Graham Bell）收到了他的专利证书。法拉第（Farady）在1833年进行了他最关键的实验，然后通过马可尼（Marconi）在20世纪头十年里的反复实验，人们才在第一次世界大战之后用上了收音机。在过去的150年间，信息传输的速度发生了翻天覆地的变化，这是显而易见的。同样，这也反过来完全改变了我们现在生活的技术真实世界，这个世界已经从根本上与之前的世界相异了。

在我们上面讨论过的关于真实的概念中，信息传输技术创造出了众多“伪现实”（pseudorealities），它们的出现基于建构出的、阶段式的、有选择的和即时传输的图像。我所谈论的，是无线电、电视、电影和录像的世界。这些图像创造出了包含密集的情感成分的新现实，就旁观者看来，新现实催生了一种“在场”感，即在一定程度的感知上，人们成了参与者而非观察者。旁观者在自身实际上并未在场且永不会在场的地点和场合中，产生了一种强有力的在场幻象。爱德华·默罗[8]的那句名言“你就在那儿”，令他的听众相信他们以某种方式“亲临”国际新闻事件的现场。

法语中的新闻被称作 *les actualités*，尽管在我们见到和听说过的这些图像中，很少有真相（actual）和
真实（real）。图像制造和传输的技术过程是极具选择 35
性的，它为眼睛和耳朵创造的与其说是“真实”，不如说是“表演”。然而对于生活在这个世界上的人们来说，什么正在发生、什么是重要的图景，主要由图像的伪现实形塑出来。被挑选的碎片变成了广播和电视里的故事，而这些故事又被选择来强调某些特定的事件。整个选择的过程要做到吸引并保持观众的注意力。由此，人们偏爱异常而非平常，偏爱远隔万里、无法用自身经验来评估的事件而非发生在周边的、可直接感知的事件。还存在这样一种感知，即让人们以为自己所见之事就是整个事件的原貌，任何一个在游行现场待过、反过来又在电视上看到自己经历的人，都明白我在说什么。通常而言，在大游行队伍中的小的反游行团体会被塑造成整个事件的主流。“穿插表演”

8 爱德华·默罗(Edward R. Murrow, 1908—1965)，美国著名广播新闻记者，曾参与对第二次世界大战的报道。——译者注

被移到了事件的中心位置，核心议题倒成为次要的了。

由于目前有了制造这种图像的伪现实并把它们传播给全球大多数人的技术和经济途径，我们所感知的真实及其活力发生了改变，并持续发生着改变。[9]在今天，一个事件是否被报道或电视直播，比它本身的内容更重要。当事件还在发生时，记者、摄影师或外部观察者的在场就已经开始对事件施加影响，有时甚至会引发新的行动。想想中国、南非和东欧的电视摄影
36 机，想想魁北克的印制电路板，在所有有毒废品处理问题中，印制电路板的销毁是一个较小且可行的任务，如果将之与核废物处理问题相比较的话。然而，一旦

---

9 Jerry Mander, *Four Arguments for the Elimination of Television* (New York:Morrow,1978); Paul Goodman, *New Reformation: Notes of Neolithic Conservative* (New York: Random House, 1970); Stewart Brand, *The Media Labs: Inventing the Future at MIT* (New York: Viking, 1987); Elisabeth Noelle-Neumann, *The Spiral of Silence: Public Opinion, Our Social Skin* (Chicago: University of Chicago Press, 1984); Todd Gitlin, ed., *Watching Television* (New York: Pantheon Books, 1986); Mark Crispin Miller, *Boxed In: The Culture of TV* (Evanston, IL: Northwestern University Press, 1988); Eric Pooley, "Grins, gore and Videotape," in *New York* magazine, pp. 75—83, 9 October 1989. 在媒介素养教育协会（Association for Media Literacy）的支持下准备的关于自我防卫的教科书，见Barry Duncan, *Mass Media and Popular Culture* (Toronto: Harcourt Brace, 1988)。

事件进入了图像的世界，印制电路板废弃问题的政治维度就会发生巨大改变。

伪现实和图像对普通人经验世界的入侵发生在世界的每一个角落，但我们也能找到一些**局部的**应用与暗示。比如,我只需提醒你政治竞选者的图像所带来的效果。虽然一张不错的、温暖的图片没有表达出任何与胜任或品行正直有关的信息，但在政治竞选的进展和成功中对这样的图像的考量占据了很大比重，因为现在的政治响应多半依赖图像。对我来说最不可思议的是，这些媒体图像渗透到了生活的方方面面，除了媒介专家之外，人们不再视其为外部侵入体或伪现实，而且只有专家和学者才会讨论这些图像。日常生活中不存在对图像如何形成、如何聚集、如何进入我们的厅堂的普通讨论。

媒体图像似乎已居于权威位置，可比肩过去宗教教育的权威地位。图片是不可能犯错的，它就好像宗教改革之前的教宗权威那般不可置疑。我认为，在技术的真实世界中，我们应该要以宗教改革质疑教皇权 37
威的方式，来好好质疑图像的权威。我这样说是因为，在整个中世纪，教会及其教义和宗教教育，是描述社会和政治关系行为的权威，而宗教改革挑战了这一点，其认为个人的良知和识别能力而非教会的权威，才是个人行为的唯一仲裁者。如今，科技的依据已然拥有了宗教教义那般的强制力和权威性，其中就包括剥夺“普通信徒”质疑教义内容及实践的权利。在质疑权威的精神的指引之下，我们应该问道：“那些处于技术生产出来的伪现实图片的接收端的人们又能做些什么呢？”他们的工作和生活都发生了改变，工作和生活在外力的驱使下重新上演，电视和广告的文字和实践内容就是这一改变的证词。由图片重构的世界，接管了我们大多数的在地现实，如同庞然的权力所进行的占领行为。此时，处于某地的某一个人一定会发出疑问：“如此一来，我们怎样才能取得改变精神环境的权利呢？改变对我们意识的建构，改变我们周围的声音。这一权利似乎是在我们毫不知情的情况下就被夺走了。”

理论上，逃离这个图像的世界是可能的，但实际上，我们只能通过一些有限的方式这样做。当然，我不是一定要看电视，也不必然要收听广播新闻，事实上，我们中的不少人已经在发展与我们目前的生活经验更直接关联的其他获取信息的渠道。但伪现实和图像仍旧在那儿，这个世界已被建构成相信它们的。

如果我想促成改变，我需要理解并欣赏图像的建构，即便我一点儿都不相信它们的内容。个人对这个体系的逃离并不会改变整个日程规划的轻重缓急，除非积聚力量，用真正的经验来补充乃至替换图像。成像技术仅仅是强调远处而忽略近处，这并不意味着近处的事物消失了；尽管相比于平常，异常被给予了太多的关注，但平常仍然存在，平常所包括的问题和挑战也都还在。但不知为何，观察一个睡在公园角落的流浪汉，似乎已无法与观察者脑海中来自远方的图像相提并论。

我可以举一个最近的例子。加拿大的新闻中充斥着西欧发生的事件。我们看到东德人跑到了西德，也看到了波兰发生的事件。关于这些报道，我们产生了一种愉悦的共鸣感，“是啊，民主对他们来说太重要了。他们赢了，我们欢呼”。与此同时，我们国家发生的显著事件——比如削减国家铁路建设资金——却没有在议会中得到讨论，没有经过一场民主辩论后进行投票，而是由内阁隐蔽地决定了。由此你可以理解，

为什么我对遥远之事胜过身边之事所隐藏的危险如此担忧。作为一个共同体，我们应该看看新的信息形成
39 和传输技术对我们所处的技术真实世界和民主做了什么。这也是为什么我认为对技术的真实世界进行“绘制”工作是很紧急的，这样我们才能在我们的社会想象中明白，近处正被远方打败。我们还应该明白，事情不一定非得这样。

图像世界对人们的“真实”的强烈冲击还有另一个部分。收听收音机，观看电视或录像，是**由私人执行的共享型经验**。印刷技术是首个令人类可以独自阅读相同的信息、再聚众讨论的技术。在这之前，人们想要分享某个经验，必须聚集到同一个场合，比如欣赏一场露天盛会、听一场演讲。之后，可被引用再引用的印刷文本生产出了一些公有信息。现在，我们有了全新的、极具冲击力的技术，这些技术大规模生产仅有短暂生命周期的图像。图像创造了伪现实，那些听到或看到这一消息的人，会认为其他人——恰巧没看到也没听到——正好错过了这场好戏。听一听关于冰球比赛的讨论吧，或者就我们要讨论的这一点而言，听一听关于一场领导人的辩论的讨论吧——没有人真

正身处现场，但他们在谈话过程中的表现，似乎表明所有人都在现场。从这一方面来说，伪现实创造了伪共同体。

有些时候，由观众和听众组成的伪共同体会大量生产出真正的、怀抱同一忧虑的共同体。反“越战”群体，以及他们对战争的报道画面所产生的政治影响力的形成即是一例明证，我们能够察觉出，这些怀抱同一忧虑的共同体源自观众和听众组成的伪共同体内 40
部。类似的过程还将那些联合行动以帮助非洲饥荒受害者的人——比如“拯救生命”组织、“太空桥运动”——与关注特定环境问题的国际团体联系在了一起。一般来说，由于伪共同体中只有一小部分人会成为真正存在、采取行动的共同体中的成员，因此在对大多数观众而言是“远方之事”的国际关注案例中，形成这样的群体的可能性也许远比在“近处之忧”的特定案例中要大。

即便如此，这一共同体的形成也是一个希望的标识，特别是在抵制“收听”和“观看”所带来的被动性方面——我需要再次强调，对直接经验的抗拒增强了这一被动性。然而，改良了的共同体似乎仅在表面工作上下功夫，而对那些将他们联系在一起的根本性的忧患起不了太多作用。一时的饱腹无法根除饥荒，让美国政府从越南撤军并不能触及冲突的根本。

如上所述，技术发展出了克服距离和时间限制的实用性方式。为此目的规制出的设备、组织和结构，现在已然是我们的社会和政治图景中的完整的一个部分。每一个人的在地现实都发生了改变。除了用不同的方式来完成早已有之的事务（比如用电话代替文字，用传真代替信件或邮差），我们甚至拥有了一些
41 崭新的活动，这些活动完全依赖于新技术及其基本构架。主要来说，它们与信息的传输、储存和重构有关，其中的一些活动影响了我们对未来——也就是计划真实——的靠近与感知。

信息收集、储存和评估的各种技术可能性，在一张行政基本构架的大网上紧密交织，并将未来的特定组成部分当作现在的组成部分。让我举例说明。这是一个有用但不独一的例子。目前存在着未来市场及其内部的商品交换，还有一种叫“未来贸易”的东西，这意味着我们可以购买或出售还未生长出来的农作物，我们会估测那些尚未出生的动物的售价，我们会

估测人们对那些还没被生产出来的商品的需求量。尽管如此，这种交易活动并不只是想象出来的事务，即便农作物尚未生长，但这并不意味着这一交易就完全与现实无关，因为这些交易的**结果**是真实的。人们在未来贸易中有盈亏，租金是由那些基于假设的交易所产生的效益来支付的。由此，金钱以一种在之前的世界不存在的方式，将现在与未来绑在一块儿。新颖之处是，当新的技术手段重构社会和经济活动之时，一种精心组织的、标准化的、“正常的”交易表象在未
来被执行。这些表象不间断地配适于交易的过程，而 42
交易过程又完全受限于现实。所以，未来被感知和操作为现在的一个结构化、技术性的外延。

有不少论述针对全球危机和“我们共同的未来”[10]，但针对现代技术的全球化应用所带来的未来**建构**之讨论，实在是太少了。对能够占据或阻止社会和政治关系的未来变化的技术性建构之关注，理应成为我们思考共同未来时的核心议题。

我想要花一些时间来谈谈人类的影响，这在所

10 世界环境与发展委员会：《我们共同的未来》（*Our Common Future*）（Oxford: Oxford University Press, 1987）。

谓的传播技术中表现得最为明显，而我宁愿称之为“非传播”技术，因为通常“传播”这一名词就是一个误称。每当人类活动囊括机器或者严格的规制时，人类相互作用的模式便会改变。一般而言，技术性安排会减少乃至消除**互惠**(reciprocity)。互惠是某种交互性的给予与索取行为，是不同的交互方之间的真正传播，比如，一场面对面的讨论或者一次人与人之间的交易，其起始、执行与终结都需要一定程度的互惠。一旦技术设备干预其中，它能使参与的双方保持一定的距离，给予与索取——也就是互惠——会被歪曲、削减乃至完全消除。

我非常喜欢本·威克斯[11]的动画，他的动画很优美地描绘了我上面提到的这一点。动画中，客厅里的
43 一位修理工正在移动一部屏幕破损的电视机，电视机旁边站着一个拄拐杖的人，他的右脚被严实地包扎起来。修理工对拄拐杖的人说：“下次特鲁多说话时，麻烦直接把电视关掉。”我认为这说明了一切。它说明，当技术介入传播时，像动画里的拄拐杖者那般急于表

11　本·威克斯(Ben Wicks，1926—2000)，英裔加拿大动画片导演、插画师和作家，曾获得加拿大的最高荣誉——加拿大勋章。——译者注

达的人将既无法给予，也无法索取。任何互惠都被设计所消除，互惠的消失成了一种由技术带来的不公的持续形式，这带来深刻的政治和心理后果。

需要强调的是，互惠并不是反馈。反馈是一种系统调节的特定技术，它被用来提升某些特定的表现，而这些表现不能是机械化的或者由机器设备驱动的，但反馈的目的是让事情运转起来。一般而言，反馈存在于一种给定的设计之中，它能够改善表现，但无法更改整个系统的助推力或者设计本身。与此不同的是，互惠依情形而变，它是对任何给定的情形的回应。互惠不是被设计到系统里的，它不是可预测的。互惠性的回应可以改变最初的假设。它可以把整个系统带往谈判、给予与索求，以及调整，它甚至可能带来新的、不可预测的发展。

我在前面强调过图像生产的新技术对技术真实世界的入侵程度。通过设计，这些技术再也容纳不下互惠，容纳不下回应。有人或许想推测一下，这种对回
应的技术性排斥是否在提升公众对暴力和残忍的接受 44
程度方面扮演了重要角色。我无法想象，当站在一个被伤害、被虐待的人旁边时，会有人享受这种所见所

闻，我也想象不出一位在场的观察者会不去阻止这件事的发生，或者哪怕只是因为无法阻止而心怀愧疚。另一方面，电视屏幕上描绘的暴力似乎成了可接受的和娱乐的，人们甚至不在乎屏幕所描绘的事件到底有多么暴力、多么可耻、多么令人厌恶。观众并不需要回应屏幕上的一切，他们不在“那里”，不在事件真正发生的地方。

互惠的概念也能解释针对特定环境下的观看和收听行为的回应中存在的明显矛盾。你是否曾经遇到过这样的情形：你去听一场讲座，但因为主会场已人满为患,你只能挤在隔壁的小厅里,通过闭路电视来“听”这场讲座？大多数遇上了这种情况的人都会感到不高兴，觉得被骗了，尽管他们看到的和听到的东西跟主会场里的人一样。即便如此，他们还是会说，这样感觉不真实，感觉不对劲。同样的事情还有，利用电视或影像让学生们从非凡的同声传译中获益，让他们参与一场杰出的演讲，这一希望已然落空。学生们就是不喜欢通过电视屏幕来学习。这并不意味着新技术一无是处，但目前看来，它们只能成为辅助手段，用以补充或说明。通过电视来教学与通过电视新闻来报道

洪水和饥荒是很不一样的，日常电视节目报道的伪图像（pseudoimages）和事件是戏剧化的表演，它们被 45
精心挑选，是组装出来的片段。与之不同的是，在演讲会场放置的摄影机或录音机，会记录下所有东西，不加选择，不予评论。

另一方面，在司法调查或公开听证会的电视拍摄过程中，观众会集中注意力。似乎在人们既不容许存在互惠、也不要求互惠的情形中——比如观察一场真实的司法调查——图像成了现实的可接受的替代物。然而，只要有可能存在互惠，且其价值可被评估——比如在演讲或教学过程中——图像就无法成为现实的替代物。

技术有可能生产出由生命周期短暂的图像构成的伪现实，消除互惠，减少我们对共同人性的感知，关于这一可能性，我们应该要仔细考虑。这听起来似乎小题大做，但这一发展的起点可能是简单而普遍的，当互惠不存在时，当倾听是不必要的时，理解和适应也是不必要的了。对小孩来说，这可能意味着，他无须因为她是自己唯一的玩伴而对自己的妹妹保持适度的礼貌，因为电视让娱乐成为个体之事，无须他人的合作。在学校里，学生们面对电脑时可不存在什么辩论或谈判，学生之间的合作可能拥有了完全不同的含义。在自动化车间工作的妇女经常会抱怨自动化作业给她们带来了疏离感。当工作不再是共享的，合作的工具——倾听、观察、调整——便萎缩了，就好像长时间没有使用的肌肉。

46 有这样一个能说明技术引发人类疏离的场景：当我早上去上班时，时常能遇到一位邻居和她 10 岁的女儿。每天，她俩都一同走到公交站，各自戴着耳机，彼此疏离，并与外部世界疏离。这就是技术的真实世界。徘徊在我脑海中的问题是：当越来越多的人宁愿待在由技术带来的孤独中时，我们的社会该怎样解决它的问题？

请让我再强调一次，我们不一定非得像今时今日这般来使用技术。从来都不存在这样一个两难境地：要么不要技术，要么就像现在这样使用它。请记住，即便在图像和伪现实建构的世界里，也存在一块由个人的直接性和即时性构成的特殊飞地：业余无线电接收员的世界。这是一个私人化的、互惠的、直接的、负担得起的——提到这一点是因为所有你能想到的技术都不便宜——世界，而且从很多事例可以看出，它逐渐成为一个非凡的灾难预警系统。它是真正的沟通传播的可信赖、可塑造的资源。我引用这个例子是想说明，技术对精彩的人类沟通和互惠性的回应之削减，并非完全不可避免。

在这篇演讲中，我试图证明技术改变了我们对现实的感知。许多改变成为技术真实世界的构造中一个不可或缺的部分，它们使扭曲的人类关系和社会关系变得习以为常、不被质疑。我希望，我也为大家展示了如何质疑以及——我希望能做到——减轻伪现实的 47
入侵程度。

在下一篇演讲中，我将聚焦作为控制与管理之传播的催化剂的技术，聚焦那种随着这一扩张逐渐成为我们社会的一部分的基础构造。

第三章

在本系列的首篇演讲中，我向大家展示了规范性 48
技术的增长是如何为服从文化提供温床的。我将整体性技术和规范性技术进行比较，并特别强调了它们在劳动力方面的区别。规范性技术的一大特征是它需要外部的管理、控制和规划，这些外部的事务缩减了工人们的技艺发挥空间和自主权利；但说到发明与生产，规范性技术又是极其高效的。

在第二篇演讲中，我向大家表明了我们今天的技术真实世界中的“真实”，在很大程度上已与往昔的有所不同。现代的真实已由技术性活动重构，这一发展影响了人与人的关系以及政治关系。传播技术——我
宁愿称其中某些技术为非传播的——为我们提供了一 49
幅关于互惠性概念的图景，而某些技术中的所谓进步其实带来了互惠性的真正流失。

现在，我想转而将技术视作一种催化剂，它催化了控制与操纵的传播。

公民正越来越严格地被控制和操纵，这通常被认为是常识，是毋庸置疑的，而且是技术社会发展之必然。而技术，其实正是这一巨变的催化剂，是权力的发源地。

传统概念中政府的角色定位与职能——比如，确定何者是私人性的、何者是公共性的——依据的往往是如同童话故事般的变化，而非可能的权力与问责关系之实际情况。

权力与控制一直处于变化之中，其过程是复杂且相互交错的。而技术，我在这些演讲中一直强调的技术，则存在于特定的语境中，这些语境是不固定的、可改变的。在一个给定的语境中，工具与工作之间的关系是最为根本的。历史学家经常会指出，当一种特定的工具出现并被用以成功完成某些特定工作，必然会导致人们对这一工具的运用更加深入，之后这一工具会被改良，并被运用到其他工作中。但是某特定工具的成功使用和传播——这一工具既可以是机械性工具，也可以是组织化和管理式的——也会带来其他的后果。任何工作都具有这种趋势，它会被可供利用的
50 工具建构起来，似乎可供利用的工具代表着最好的乃至唯一胜任该工作的工具。这种事情每天都在发生。如果你开始使用一种与以往不同的厨房用具，你会开始觉得自己从来没像这样切过食材，其他准备食材的方式对你来说会变得没有吸引力，最终你可能忘记那

些方式；又比如，如果你的实验室引入了电子显微镜，你会发现自己无法再劝服学生使用光学显微镜。

工具通常会重新定义一个问题。举个例子，想想汽车速度与雷达监测路段。让我们先回到最开始，也就是限速的目的。限速本是为了确保安全，而不是为了生产犯罪行为。过去，执行限速的一个方法是，让警察巡视车十分明显地出现在高速公路的相关路段，巡视车以该路段的最高准许速度行驶，通过这种方式将交通模式带入人们对规则的服从之中。雷达监测的工具则将另一个维度带入该情境中，事情的重点从公众安全转到了个体“威慑”(deterrence)。人们似乎认为，对被抓和被罚款的恐惧是强化规则的更好手段。随后又出现了一种避开雷达监测的技术选择，它通常被叫作“挫警仪”[1]。现在，汽车司机们——他们考虑“犯罪被抓”多过“道路安全”——购买了这样一种反侦察设备，不管它是否违法。接下来在这场关于速度的游戏中，执法者这边又出现了一个新的设备，用来探测

1 挫警仪 (fuzz-buster) 是一种安装于汽车内部的装置，用于探测警方的雷达系统，使司机有足够的时间把车速降至规定的车速范围，从而避免因违反交通法规而受到传讯。——译者注

汽车是否装有挫警仪。之后，一种全新的安置在车前窗的小设备诞生了，装有挫警仪的车辆能够通过这个小设备来侦察执法者探测挫警仪的设备。事情就这样没完没了了。

51 原本是关于道路安全的一般问题，现在却变成了有关罚款和扣分的私人化问题，并由此引起了一场技术的“猫抓老鼠”游戏。有些人或许会说，那些为进行随机犯罪行为而生产出来的技术工具，阻挡了建立相对安全的驾驶模式的技术之发展。所以，当社群中出现了针对已存在问题的新技术解决方案时，我们应该明智地询问这种技术会**阻挡**什么东西的到来，而不仅仅探查它们承诺做的事情。

技术的真实世界是一个非常复杂的系统，我所做之调查或者演讲中所强调之事绝无半点**技术决定论**（technological determinism）的意思，也绝非相信技术的自主性本身。需要强调的是，技术的发展和运用都是在一个特定的社会、经济和政治语境中发生的。[2]

---

2 Heather Menzies, *Fast Forward and Out of Control* (Toronto: Macmillan of Canada, 1989); Donald MacKenzie and Judy Wajcman, eds., *The Social Shaping of Technology: How the Refrigerator Got its Hum* (Milton Keynes: Open University Press, 1985).

技术的发展和运用从一个社会结构中产生，然后被嫁接在这个结构之上，既可能强化它，也可能摧毁它，其途径往往变幻莫测。在这样一个复杂的世界中，“万事皆可能”和“万事皆注定”都是不存在的。

那些将学习复杂性作为研究课题和质疑对象的人，常常将自身与“技术作为一种复杂体系”联系在一起。1985 年，联合国大学（U. N. University）召开了一个会议，旨在讨论复杂性的科学与实践。[3] 法国学者、著名的技术批评者雅克·埃吕尔[4] 在会上展示了自己的一本书——《技术系统》(*The Technological System*)。[5] 埃吕尔的分析，以及联合国大学会议上的其他更具数理分析性的论文，很清晰地告诉我们，技术诸多方面的发展具有多么紧密的相互关联。技术在 52

3 *The Science and Praxis of Complexity* (Tokyo: United Nations University, 1985). 会议的文稿座谈于1984年5月9—11日在法国蒙彼利埃举行。

4 雅克·埃吕尔 (Jacques Ellul, 1921—1994)，当代最具影响力的技术哲学家之一，代表作有《技术社会》《技术秩序》《技术系统》等。埃吕尔学派被认为是与马克思学派、杜威学派、海德格尔学派并肩的四大技术哲学学派之一。——译者注

5 Jacques Ellul, *The Technological System*, translated by J. Neugroschel (New York: Continuum, 1980).另见W. H. Vanderburg, *Perspectives on Our Age: Jacques Ellul Speaks on His Life and Work*, translated by J. Neugroschel (Toronto: CBC Enterprises, 1981)。

某个方面的改变，比如在其中一个环节引入计算机，将会改变所有环节中的技术实践。这便是系统的本质。[6]

就自己而言，我更倾向于将技术比作一张相互交织的网络，而非系统。这让我得以查看某一部分的压力是如何影响其他部分的。将技术视作一张网络承认了网络中存在固有力量，也认可了模式与设计的存在。有过纺织或编织经验的人都能明白，我们能改变编织模式，但只能在某些特定的情况下，使用特定的方法进行，否则将毁掉整个织造物。当女性作者发声要重新编造生活之网时[7]，她们说的正是这种模式的改变。她们不仅知道这种模式改变是能够达致的，更重要的是，她们清楚*存在着其他模式*。技术之网的确可以用其他方式织就，但即便是谈谈这种潜在的模式改变，也必须对现存模式的特征进行仔细考察，了解现存之设计的起源与目的。

---

6 在大量关于系统的文献中，以下两本书呈现了经典的基础性知识以及概念的发展脉络：L. von Bertalanffy, *General System Theory* (New York: George Braziller, 1968)，以及Anatol Rapoport, *General System Theory* (Tunbridge Wells: Abacus Press, 1986)。

7 Pam McAllister, ed., *Reweaving the Web of Life: Feminism and Nonviolence* (Philadelphia: New Society Publishers, 1982); Vandana Shiva, ed., *Staying Alive* (London: Zed Books, 1988).

所以，我现在把问题转向社会和政治模式中的技术诱发型改变，同时转向对规划（planning）的探讨。对于任何社会而言，发展出社会制度、构造自身的社会活动，以令结构化的权威之权力和控制得以延续和发展，是普遍存在的。正如我在第一篇演讲中指出的，从历史上来看，规范性技术是进行这种构造的有效工具，这种技术远在机器被使用之前就存在了。

伟大的法国社会历史学家米歇尔·福柯的著作十 53
分重要，我指的特别是他那本出版于 1975 年的《规训与惩罚》（*Discipline and Punish*）。在该书中，福柯发展出了一套针对 17 世纪和 18 世纪社会史的周密分析，特别是针对法国的学校与医院、军事机构与监狱的结构变化。他展示了一种新的规训概念是如何在 18 世纪之初进入世俗范畴的。“规训”本在修道士社群中确立起来，当时却开始在世俗群体中大量运用，而随规训而来的，是详细的等级结构、支配等级与从属等级、操练、监视，以及记录。

在 18 世纪 70 年代，拉·美特利[8]出版了一本极具

8 朱利安·拉·美特利（Julien Offroy de La Mettrie，1709—1751），法国启蒙思想家、哲学家，代表作另有《心灵的自然史》《伊壁鸠鲁的体系》等。

影响力的书——《人是机器》(*L'Homme-machine*)。这本书的出版象征着法国社会发生了改变。拉·美特利将人类的身体视作一部错综复杂的机器，这部机器能被了解、控制和利用。福柯指出，身体作为一个物体和权力工具的发现，导致了大量有效地控制这些身体运作之体制的出现，无论这些体制是运动的效率、体力活动之间被精确丈量的休息间隔，还是对身体所能完成的任务进行大规模的谨慎的分析与计时。福柯提醒我们，在 17 世纪和 18 世纪，操练、训练和工作的规训在一般意义上成为支配的惯例。

让我直接引用福柯的话吧。

> 54 人体正在进入一种探究它、打碎它和重新编排它的权力机制。一种“政治解剖学”正在诞生……它规定了人们如何控制其他人的肉体，通过所选择的技术，按照预定的速度和效果，使后者不仅在“做什么”方面，而且在“怎么做”方面都符合前者的愿望。这样，纪律就制造出驯服的、训练有素的肉体，

"驯服的"肉体。[9]

这些发展给学校带来了一些后果，学生们的活动开始以分钟为单位计时。它们给士兵动作的分析也带来了一些后果，1743 年发布的行为准则，规定士兵将枪支放到自己足下的步骤是 6 个，举枪的步骤是 4 个，将枪抬到肩上的步骤是 13 个，等等。基于这些动作和步骤的训练让军事单位在其高层的指挥下变成一部机器。法国的大型作坊——这些作坊的出现早于工业革命——在同样的方法下，已经变得如同军队一样，拥有极为详细的劳动力规训。

福柯重新叙述了大瘟疫时期法国的城镇是如何被管理的——城市地区是如何被划分为更小的单位，这些单位是如何被"中央集权"式地管理，全面性的规训是如何以处决为威胁被强制普及的。在一个稍微温和的叙述中，福柯展示了根植于监狱、医院和操行学校建筑之中的关于服从的设计，这些建筑的结构性安

9 Michel Foucault, *Discipline and Punish*, translated by A. Sheridan (New York: Vintage Books, 1979). (译文沿用福柯著，杨远婴、刘北成译：《规训与惩罚》，生活·读书·新知三联书店，1999年，第156页。——译者注)

排后来被合并到了对工厂的设计中。

正是在这样一种社会和政治都已准备稳妥的土壤
55 上，工业革命的种子播撒了下来。工厂体系及其手工设备和机器，只会扩大控制模式。机器本身并没有创造出这些控制模式。控制模式及其对细节的精细化指示、对劳动力的划分，以及它们将工作进程细化为小的规范化步骤，使其迅速从手工业扩展到商业、行政管理乃至政治领域。在英国和法国，变化迅猛地在从银行到监狱的各种机构中生根发芽。规划这一概念也迅速兴起，与关于控制的操作紧密联系在一起。

在英国，工业革命带来了类似于福柯所描述的发展，当机器开始进入作坊后，这些发展进行得非常迅速。“依靠技术来规划”和“为技术而规划”成了工业革命最渴求的梦想。完全自动化的工厂，亦即完全不存在工人的工厂，被查尔斯·巴贝奇[10]及其19世纪初的同代人热切讨论[11]，尽管直到两百多年后，随着技术的进一步发展以及新的基础设施的建设，这一规划

---

10 查尔斯·巴贝奇（Charles Babbage，1792—1871），英国数学家和发明家，现代计算机的创始人。——译者注

11 C. Babbage, *On the Economy of Machinery and Manufactures* (London: C. Knight, 1832).

才成为技术的真实世界中一个可能成真的未来。

在这篇演讲的开头，我重申了技术是存在于特定语境中的。在技术实践中放置的诸种模式成了社会生活的一部分，大部分的新模式都是对旧模式的经营与延续，故此，我认为追踪现有模式的历史根源是很有必要的。你或许会问，我一直在强调现在的世界已经从根本上发生了改变，那为什么还要回到历史中去寻找根源呢？之所以到历史情境中详细思考，是因为模 56
式的确拥有极其深刻的源头。我确信我们正处于这样一个历史时期的尾端：那些原本极具创造性的、十分有益的过程和途径本已迟暮，如今却在很多方面重焕生机。那些形塑了技术真实世界的最重要的模型，其根源可以追溯至 17 世纪和 18 世纪的欧洲。

18 世纪出现的新社会模式，为工业革命的大规模变革何以在很短的时间、相对较弱的社会变化中迅速崛起，提供了一种理解方式。反过来，在工业革命过程中的社会、自然以及工作与生产组织的结构中所产生的变化也变成了一种模式，我们所处的技术的真实世界及其扩展的、复杂的重构正是被移植到了该模式之上。因此，我想先花些时间聊聊工业革命中发生的一些事件。

通过将人的身体视作机器，18 世纪践行着控制与支配；19 世纪则直接将机器本身作为控制的工具。对于英国手工业者来说，机器比工人要好预测、好控制得多。工厂主们做梦都想要一个全面控制的工作环境，最好是一个工人都没有。如果哪个步骤还需要工人，那最好是给他们安排完全被监测的任务，而且让他们被机器控制。

57 工业布局与设计的存在与其说是为了带来更大规模、更可预测的产量和利润，不如说是为了阻止不受欢迎、不可预测的发明的出现。如此一来，工人们对机械化以及将机器引入他们自身工作过程之中的抵抗就变得可以理解了，正如戴维·诺布尔[12]在他的文章《现在时技术》(“Present Tense Technology”) 中指出的[13]，因为工人们能够明显感觉到自己失去了控制权和自主

12 戴维·诺布尔 (David F. Noble, 1945—2010)，加拿大科学、技术、教育史学家，以其对自动化的社会史研究闻名于世，著作有《生产力：工业自动化的社会史》等。——译者注

13 David F. Noble, “Present tense technology,” in *Democracy*, Spring/Summer/Fall, 1983. 其作为专题论文再版，见*Surviving Automation Madness*。

权。与其说是对技术本身的抵抗，不如说是对劳动分工和失去自主权的抗议激发了工人们的抵抗行动。（事实上，在那些最激烈地反对工厂引进机器的人中，产生了不少有趣的发明。）勒德分子[14]和当时其他的团体能够明显感知到工作相关技术与控制相关技术之间的差异。

占据当时许多政治辩论之核心地位的议题，正是劳动分工以及工厂对机器的引入。当时，关于“用机器取代工人是否正确和正当”以及“这种机械化和工业化的进程是不是走向繁荣的唯一道路”的议会辩论和公众讨论十分频繁地进行。由狄更斯和维多利亚时代其他作家所描绘的崭新的工业化英国之生活面貌，应该被看作这种公众讨论的形式之一。

早在17世纪初的英国，人们对劳动分工和生产效率就已经很感兴趣了。在17世纪80年代，威廉·配第（William Petty）爵士在一篇与伦敦城的经济增长 58
有关的报告中写到自己对劳动分工的支持：“说起制

14　勒德分子（Luddites），19世纪初英国手工业工人中因机器取代而失业的人，他们以奈德·勒德为精神领袖，有组织地进行抗议示威活动，甚至捣毁机器。该词后来引申为指持反机械化以及反自动化观点的人。——译者注作钟表，如果一个人制作齿轮，一个人制作弹簧，另一个人雕刻表盘，再来一个人做表壳，那么整个钟表的生产会更好也更便宜，比所有工作都由一个人来完成好多了。”[15]彼时，对劳动力的规范性分工已被认为是一种能生产出更好、更便宜产品的生产模式。然而，从工匠式的整体性技术一跃到配第所描述的依靠劳动分工的更大规模的生产，并非一件易事。完成这一飞跃，需要更大的工厂、更多的资本，以及对工人和工作本身的新的组织方式。

这些发展都是需要时间的。直到100年后，英国的工厂——既包括纺织作坊，也包括重工业工厂——才开始使用机器，达到了需要对劳动力实行分工的生产规模。新出现的蒸汽驱动设备令更多工作设备同时运行成为可能，到了19世纪20年代，工人眼看着自己的工作发生了变化。在议会和政治场合讨论工业问题成为英国公共生活的一个重要部分。在贸易、繁荣和效率的名义下，工作模式急遽变化，许多人

15 William Petty, “Of the growth of the city of London,” in *The Economic Writings of Sir William Petty*, vol.2, 1682, C. H. Hull, ed., (Cambridge: The University Press, 1899).

无家可归，或者被驱离家园，这样的变化在道义上真的是对的吗？

英国历史学家玛克辛·贝格（Maxine Berg）在她的一本杰出著作中记录了有关“机器问题”（machinery question）的辩论语境，这本书就叫作“机器问题”。[16] 贝格提醒我们，机械化的人力成本和由机器主导的劳动分工，都被充分认识到了。例 59
如，拜伦勋爵代表反对新技术运用的纺织工人，在上议院发表了一次演讲。当时出现了一些代替方案，其中就包括了罗伯特·欧文（Robert Owen）及其同事提交的方案。[17] 他们提出，可以通过工人利润分成和合作式劳动实践等创新组织形式，来解决工厂里的控制问题。欧文还解决了他所谓的“深耕细作”（spade husbandry）问题（我们会称之为有机农业），农耕机器也在当时被引入农业生产，故也

---

16 Maxine Berg, *The Machinery Question and the Making of Political Economy, 1815—1848* (Cambridge: Cambridge University Press, 1980).

17 Robert Owen, *A View of Society and Report to the County of Lanark*, V. A. G. Gattrell, ed., (London, 1962); Robert Owen, *The Life of Robert Owen, Written by Himself* (New York: A. M. Kelley Publishers, 1967); Sidney Pollard and J. Salt, eds., Robert Owen, *Prophet of the Poor* (London: Macmillan, 1971).

成为该政治辩题的一部分。欧文的许多论述重新在今天关于技术对社会和环境的影响的辩论中引发共鸣，然而在19世纪的英国，他的替代方案根本就没人理睬。

我们所处的时代与工业革命时期还有一个共通点：两个时代有各自为科学和技术发声的人，而这两个时代也都对科学和技术所能带来的效益怀有极高的、不理性的期待。机器——或者放到今天来说，是电子设备——很快克服了肉身凡体在身体上和精神上的短处。毕竟，机器不需要饮水，也不会以维多利亚时代的道德准则来要求工厂主对工人阶级施以怜悯。今天的银行自动取款机既不属于任何工会，也不需要休产假，尽管时至今日，最优秀的计算机也可能染上令人吃惊的病毒。

60 然而，在我们以当代眼光考察工业革命时期的机械化时，存在一个明显的盲点，而这个盲点不是当代技术扩张主义者版图的一部分。19世纪40年代，技术的支持者们曾十分狂热地想用机器替换掉工人，但似乎没有证据表明他们意识到：尽管工作过程中的工人变少后总产量还是很高的，但消化这些产量，需要的是

购买者。对工人的需求虽然降低了，但对购买者的需求增高了，这一意识似乎并没有成为“机器问题”讨论话语的一部分。然而从彼时起，技术及其促进者不得不创造一整个社会体系——**消费**体系——来应付机器不断**生产**出来的棘手问题，但通常的解决方案就是购买者。

通常并非绝对。今时今日，机器和体系本身就成为工业产品的主要消费者。例如，相比 10 年前，现在的汽车需要装备更多零配件才能跑起来。行政管理和会计体系为工业产品开放了更多的市场，而这些市场又反过来为规范性技术服务。

虽然如此，工业革命的模式和技术真实世界的模式之间还是存在不少共同之处。其中一个显著、强劲而持久的共同之处，是 1944 年由刘易斯·芒福德(Lewis Mumford) 在其著作《人类的处境》(*The Condition of Man*)中优雅地总结出来的：“在 13 世纪到 19 世纪之间，人们或许会这样来总结道德气象上的变化：七宗罪变
成了七美德。贪婪不再是一宗罪了。对世俗商品细微的 61
关注与呵护，货币的囤积，不情愿捐助他人，这些习惯对资本存储都很有用。贪心、贪食、贪婪、嫉妒与

奢靡，都是对工业的永久性刺激。”[18]

在英国，罗伯特·欧文那条合作与利润共享的道路没能走成。欧文那个时代的工业化，不过是由几座新组织模式的孤岛构成，而这些孤岛漂浮在传统生活的广阔海洋上，虽然它们正在急速扩张。在欧洲人和北美人的行动和规划中，以产品为中心的模式之活动与经验开始把以生长为中心的模式排挤出去。这一历史性发展中的诸多面向，与我们讨论技术的真实世界有着密切的联系。我现在展示的其中一个面向，便与大规模的公共基础设施建设需求有关，这一需求是由发展和维持工业企业得来的。

我想要摆到你们面前的论争如下：自工业革命以降，技术的增长与发展逐步要求政府和公共机构为其提供支持，并将之视作一个必需的前提条件，而这种关系在之前的时代其实是不存在的。现如今，一个人最先会考虑的，是运输技术——沿公路、铁路、空运和水路运送原材料和加工成品，或者是将能源或信息从生产端传送到使用端。这种储运系统及其技术，将

18 Lewis Mumford, *The Condition of Man* (New York: Harcourt, Brace and Company, 1944).

所谓的工业和贸易的私人领域同当地政府与中央政
府的公共领域勾连起来。为了运转顺利，工业生产技 62
术需要固定的运输与分配结构。在所有的国家，公共领域为此提供了基础设施，并依据体系需求调整自身。提供如此规模的基础设施已然成为所有政府正常而合法的功能。

电力储运的基础设施是一个恰当的例子。作为一种商品，电力差不多是要持续不断地生产的，而且它无法像煤或焦炭那样堆放储存。更进一步来说，那些需要依靠电力供应来运转的工业产品，只有在通电的情况下，才能买卖和使用。由此，当电力技术普及以来，为工业规划并提供电力成为政府职能中一个日益重要的部分。实际上，这些职能的进行都是为了技术企业的发展与扩张，但在公共政策的话语中，它们却一直被描述成为了公共利益而行使的公共职能。

以安大略水电项目为例。亚当·贝克[19]爵士将该项目的实施视作安大略政府的几个主要职责之一——提供廉价电力，用他的话说，向所有人提供廉价电力。

19 亚当·贝克（Adam Beck，1857—1925），加拿大政治家，水电倡导者，安大略水电项目的奠基人。——译者注但起初，该项目仅仅作为一个吸引工业和刺激电力技术发展的方式而存在，它也的确达到了目的，在尼亚加拉大瀑布附近就聚集了一些化学工业。至于安大略水电项目在发展核反应堆所需材料和配件方面所扮演的角色，更可直接被视为对工业增长和发展工业基础设施的承诺的满足。

63 当第一批生产和储运电力的网络在各个国家铺展开来的时候，技术施与政府的政治影响迎来了重大改变。技术变得政治了，它甚至赋予了这个词新的含义。现在，特定的技术与特定的政治目标和政治趋势紧密联结。以一种全新的激进方式，国家与技术二者相互服务。[20]托马斯·休斯[21]在其著作《权力网络》(*Networks of Power*)中，通过比较在电力开始变成公共生活和私人生活中一个显著的影响因素的时代，伦敦、柏林

---

20 David S. Landes, *The Unbound Prometheus: Technological Changes and Industrial Development in Western Europe from 1750 to the Present* (Cambridge: Cambridge University Press, 1969); Paul Mckay, *Electric Empire: The Inside Story of Ontario Hydro* (Toronto: Between the Lines Press, 1983); Siegfried Giedion, *Mechanization Takes Command* (New York: Norton, 1969).

21 托马斯·休斯(Thomas Hughes, 1923—2014)，美国技术史学家，宾夕法尼亚大学历史学荣休教授。——译者注

和芝加哥的电力储运系统，很好地说明了国家与技术之间的关系。[22] 由于强有力的地方政府的存在，英国早期的电力储运系统是由大量小的、地方性的发电厂组成的。而德国在政治层面上正逐步实现中央集权，更倾向于为柏林建设一个中央式的大型都会区电力储运系统。尽管发电厂是私营的，但它们的活动往往横跨好几个行政管辖区，故它们其实促进了中央集权的形成，其中的主要原因是需要对这样一个系统进行统一调配，毕竟，一个国家不可能在不同辖区内实行不同的电压、电频或供电标准。

有趣的是，关于这些储运技术操作参数的技术性决定，在何种程度上是含有政治画外音的呢？你们一定还记得安大略水电项目，一直到大概 30 年前[23]，该项目都是以 25 赫兹的电频工作的，而当时北美其他地方都开始采用 60 赫兹的电频标准。（你可以推测，该水 64
电项目这样做，在很大程度上保护了自己的市场，阻

22 Thomas P. Hughes, *Networks of Power: Electrification in Western Society, 1880—1930* (Baltimore: Johns Hopkins University Press, 1983).

23 本演讲稿作于20世纪80年代末，故此处的30年前应指20世纪50年代。——译者注

止了竞争者的闯入。[24])最终,一场有组织的、大规模的、极有效率的转变将安大略水电项目带到了北美的标准体系之中。北美地区的标准电力输出是电压110伏特、电频60赫兹,而欧洲和亚洲大部分地区的标准是电压220伏特、电频50赫兹。这样的技术参数通常构成了基本的非关税措施,用以保护和扩张有着特定源头的技术。类似的参数标准扯皮,最近在电视工业内也发生了,涉及高清晰度的标准。

我之所以强调基础设施供给相关的公共政策与技术传播之间的联系,有这样一个原因:针对采用某种特定的技术,几乎不存在关于该技术之优劣的公共讨论。比如,加拿大人从未被询问过(例如通过下议院的一条法案)他们是否准备好了把他们的赋税用于发展、制造、买卖核反应堆。要是没了公众资助的研究和发展项目,没了产业支持与促进,没了政府贷款,加拿

24 这一决策构成了一扇将其他电力供应商排挤在外(见上面McKay的著作所述)、让其他装置和机器工具供应商无法进入该地区的大门。我们必须知道,安大略省的新居民们在过去的20年间已经能使用220伏特的交流电来驱动比如衣物烘干机之类的家用电器了。然而,这并不意味着加拿大人能在不使用配适器的情况下在家里连上欧洲来的小电器。这一类澄清是我在与D. J. C. 菲利普森(D. J. C. Phillipson)的通信中被提出来的。

大的核技术根本就不会存在。在今日之技术真实世界中，政治系统的建构不是为了让公众对国家范围的技术型企业的规划进行辩论、提供意见，但真正重要的正是公共规划。不要看是谁拥有铁路或传送系统、无线电波频或卫星，而要看到正是公共领域为大量的科 65
研提供了空间、许可、规则和财政支持，是公共领域授予了它们“通行权”。是时候让我们作为公民，真正地关心我们所授予技术的通行权了。

设计和建造通往港口、机场的道路与入口的成本，的确都是由公众支付的。然而，在公共议事日程之下，通常会存在十分具体和部门化的议程。对满足私有工业发展和技术扩张的公共规划早已超过了实体基建所能提供的范畴。税款和奖助金结构是存在的，但同时，技术需求对劳动力的预备和训练所带来的冲击也是存在的。所以，未来的公民可能像提升道德素养和历史知识一样，提升自己的计算机使用水平，而在我看来，哪种教育议程更符合大众利益是值得讨论的。

关于这点，你或许会问：“你说的都是些什么鬼东西？难道基础设施要被描述成摧毁公共领域，而不是为市民和工人提供同等的服务？它们难道不是技术真实世界中的普通生活的一部分吗？它们既不需要被质疑，也不应该被改变。”

或许我该把这个问题的答案放到一个大体的框架中予以讨论。由此，我想先区分这样几组概念：可分割的收益与不可分割的收益，可分割的成本与不可分割的成本。听起来似乎挺学术的，其实不然。我来给你们举个简单的例子吧。如果你有一座花园，而你的
66 朋友帮你种了一大片番茄，收成以后你尽可以把成果分享给帮过你的人。在这个过程中你所获得的就是可分割的收益以及对该收益的分配权。那些没帮助过你的人，可能什么也得不到。再看另一个例子，如果你和你的朋友费了很大的劲来对抗污染，终于成功改变了一整条街的电池回收状况，那些帮过你的人自然会得到好处，但那些没帮过你的人也能从中得到好处。在这个情况中，你和你的朋友获得的便是不可分割的收益。

通常来说，我们会认为参与社会中那些提供不可分割收益的事务是政府应尽的义务，因为毕竟政府的相关机构是由税务体系资助的。这些不可分割的收益

既包括正义与和平，也包括清洁的空气、卫生环境、饮用水、安全的道路、平等受教育权。而从法庭、学校到监管系统和执法系统的诸多公共机构或体制，都是为完成这些公共任务而发展出来的。换句话说，历史上出现了这样的概念，公民放弃了一些他们的自治权（以及一些金钱），向国家换来了其对“共同利益”（common good）的保护和提升，这里的“共同利益”，便是不可分割的收益。

技术改变了政府对其公民负有责任这一概念。公共基础设施促使技术的发展和传播成为可能，但同时，它们也越来越频繁地变为通往可分割收益的道路。由此，公共财政为私人部门获取可分割收益提供了必要的支持，与此同时，本应是不可分割收益之来源的国家，其状况日益恶化，而不可分割收益得不到保护。

让我具体来说说吧。当今世界不得不面对的全球 67
环境破坏问题，其罪魁祸首便是代表技术及其可分割利益的基础设施的演进，盖过了政府保护关于不可分割收益之资源的相应义务。全球环境恶化的情况能否成功扭转，在更大的程度上依赖明晓并加强政府在保卫世界不可分割收益方面所扮演的角色和承担的义务。

技术性基础设施的强劲力度、根深蒂固和难以察觉，为保护和恢复自然环境的任务为何如此难以完成，提供了一些解释。

我在前面强调过，许多与技术进步和合宜的基础设施的供给有关的政治决策，都是在技术层面做出的，与公众监察八竿子打不着。但这些决策的确包含了政治偏见和政治优先次序，从技术上来说，这些都是无须言明的。就公众知情而言，只有当规划和设计被执行和使用时，决策的本来面目及其隐藏的政治议程才会变得明显，当然，此时再对规划做出改变已经太晚了。

我们可以举这样一个例子，这个例子与美国纽约州林荫道的设计，以及罗伯特·摩西（Robert Moses，他负责设计了 20 世纪 30 年代到 60 年代晚期纽约州的大量公共作品）在其中扮演的角色有关。他的传记作者罗伯特·A. 卡洛（Robert A. Caro）[25] 提到了著名的
68 纽约州林荫道上的桥梁和隧道。这些桥梁和隧道都很矮，摩西特意如此设计，为的是仅允许私家车通过。那些仅仅因为贫穷，或者因为是黑人，又或两者兼有

25 Robert A. Caro, *The Power Broker: Robert Moses and the Fall of New York* (New York: Alfred A. Knopf, 1974).

而不得不乘坐大巴出行的人，就这样被桥梁的技术性设计剥夺了使用和享受林荫道及其“便利设施”的权利。即便在罗伯特·摩西所处的年代，一句“我们可不想要那些黑人逗留在我们的公园里”的政治表述在纽约州也是不可接受的，但基于同一偏见的技术性表述能够被接受。当然，对于公众来说，这一设计的意图只有在执行之后才能被看出来——如此一来，桥梁已经建好了。

我在这儿强调了技术对政府和公共规划的性质与工作层面的影响，但这并不意味着，整个全体性的和地区性的规划本身应该被忽视。由于基础设施的性质和规划的全面推进，公共规划和全体性规划在很大程度上重叠也就不让人惊讶了。规划何时结束，何时又起，已经很难让人看明白，因为存在着一个固定的专家社群。这些在政府和技术型企业之间如鱼得水的专家为人们提供了专业意见，他们在一起接受教育，他们通常属于同一个社会阶层，而且他们往往不处于他们所提规划的接收端。基于上述情况，公民们会发现自己身处一个艰难的境况中。在技术的冲击下，政府本应承担的一些传统意义上的义务已经改变，但这些

变化几乎没有以清晰的政治概念表达出来。同时，政
69 治决策被以技术性问题的形式提了出来，其中涉及的概念和方式对于普通人来说是难以企及的。

在接下来的演讲中，我将就如何在当今的技术真实世界中做好一名公民这一问题，做更多的讨论。

THE REAL WORLD OF TECHNOLOGY

第四章

在本书的演讲中，我强调了整体性技术与规范性 70
技术的区别，因为我认为理解规范性技术这一部分如
何运转极其重要。当以前只需一人完成的工作，如今
被分割为不同的次级任务，并被分派给一众人等，一
些基本的社会参数就发生了变化。在第一篇演讲中我
就谈到，把人置于规范性的工作模式之中，不留给他
们判断与决策的活动空间，只会让他们适应控制、威
权和整齐划一。规范性技术是服从文化的温床。我同
样展示过我们对于真实的感知是如何被改变的，特别
是在传播技术的影响之下，这些技术的形成基于远距
离信息传输。我还介绍过“互惠性”这一概念，用以
区分如今社会十分普遍的单向度传播以及基于“给 71
予—索求”模式的人类交互式传播。

在上一篇演讲中，我向大家展示了自工业革命以来，公共规划与公共资源满足了新技术的扩张以及新工业产品的传输与使用的基础设施需求。这一发展趋势逐渐将政府与技术性增长和发展紧密连接到一起，而我们如今的生活深受这一连接的影响。这一规划的过程不仅培育了技术的发展与传播，还提供了基础设施，如今对我们而言，这些基础设施已然成了真实世

界中必不可少的、普遍的和不可置疑的部分。如果对上述结构如何形成思考得不够，我们也就不会尝试着用新的、更合宜的安排来替换它们。

今时今日，我所提到的基础设施已不限于道路、铁路、机场和输电网，还包括金融与税务结构、信息网络，以及政府以技术进步名义资助的科研和发展项目。如果最早的基础设施在设计上优先考虑人类的发展而不是技术的发展，那么基础设施的设计会与现在的完全不一样。[1]

当细致地考察技术系统所处的语境及其整体设计时，我们会发现其中许多系统都是反人类的。人被视为问题的来源，技术却被看作解决方法的来源。在工
72 厂中，当工厂主觉得工人们速度太慢、不可靠或者要求太多时，就会用机器取代他们；当学生不足以胜任学习任务时，学校宁愿购置计算机来帮助他们，而不是让教师花费更多的时间教导他们或者引入其他人的协助；当加拿大的安全部门认为这个国家的公民心怀

1 E. F. Schumacher, *Small Is Beautiful; Economics as if People Mattered* (New York: Harper & Row, 1973); George McRobie, *Small Is Possible* (London: Jonathan Cape, 1981); Hazel Henderson, *Creating Alternative Futures* (New York: Berkeley Publishing Group, 1978).

不轨，可能做出国家不愿看到的越轨行为时，它不是邀请相关公民来开诚布公地平等协商他们的抱怨或不同想法，而是利用纯粹的技术手段监听他们的电话，搜集他们的信息资料。我之所以代入情感来说这件事，是因为我切身经历过。[2]技术也许是问题与不满的来源，人才是问题的解决之源，这样的想法似乎很少被公共政策纳入考量，甚至没有进入公共良知的范畴。

现如今，在所有移植特定的技术及其工业的基础设施之中，极具权力、根深蒂固的是支持战争与暴力准备工作的基础设施。你应该注意到了我没有使用“防卫”一词，我完全是故意的，因为如果防卫——在维护领土和主权的意义上——是优先的政策，那么至少在过去的40年间，包含其他内容的技术结构应该在加拿大以及世界其他地方发展起来。针对这些可行的防卫结构提出的建议从不短缺，它们基于平民防卫或所谓的“自卫性防卫”，后者包括一种与现在截然不同的

2 这里我指的是发生在1985年春天的一个事件。能源、矿业和资源部长在一封日期显示为1985年4月15日的信件中通知我，我被派到一个五人原子能管制委员会工作，任期两年。然而，数天之后，总理办公室又宣布我的指派任务不存在，部长的信件是因为行政失误才寄出的。相关记录可见*Hansard*, vol. 128, nos. 90, 91, 92, 1985。

军事装备的混合，以及不同的国际沟通渠道。[3] 然而，
我们遗憾地留意到，这些可行的结构并没有被架构起
73 来。故此，我们需要谈谈，那些直到今天仍在起作用的
支持战争与有组织暴力行动之准备工作的基础设施。

说起基础设施，军事方面的采购是简单而直接的。国家强烈地表达并发展了这方面的需求，同时国家提供了这方面发展和生产的资源，又是它保证了最后的资金支付与收益，还是它通过借贷和科研合约为其采购提供了财政上的保障。这一切都是通过一系列——即便称不上诡异，至少也是复杂的——合约与补偿框架来实施的，而这一框架的存在是为了满足政府的一些非军事需求。地区发展的考量、行业发展激

---

3 在大规模的关于国际和平的论著中，我挑选了其中聚焦于基础和结构性问题的较少的几篇文献：Kathleen Lonsdale, *Removing the Causes of War: The Swarthmore Lecture*, 1953 (London: Allen and Unwin, 1953); American Friends Service Committee, *In Place of War; An Inquiry into Nonviolent National Defense* (New York: Grossman Publishers, 1967); Suzanne Gowan, *Moving Toward a New Society* (Philadelphia: Society Press, 1976); *Nuclear Peace*, a CBC *Ideas* program by Ursula Franklin, Jan Fedorowicz, David Cayley, and Max Allen (CBC Enterprises broadcast transcript, Toronto, 1982); Johan Galtung, *There are Alternatives!: Four Roads to Peace and Security* (Nottinghan: Spokesman, 1984); Seymour Melman, *The Demilitarized Society* (Montreal: Harvest House, 1988)。

励，以及行业联盟都加入了这场游戏。

你也许会说，这些都是老生常谈了。毕竟，伽利略不也是靠讲授军事防御方面的课程在帕多瓦生活下来的吗？没错，平民与军事力量之间的紧密联系的确从古代就存在了，但现代实践为这些结构性安排带来了新的维度。让我简单讲讲其中的两个维度吧。第一个是“技术性命令”（technological imperative），这是多伦多大学和平研究组织的前主席阿纳托尔·拉波波特（Anatol Rapoport）提出的说法。[4] 简单地说，它指：凡是能通过技术手段解决的事务，都会通过技术手段解决。不受经济考量和普遍常识所约束的军事环境，为先进技术的弄潮儿们提供了极具诱惑的场域。这些弄潮儿为他们的专业技能提供了最新的、最出其不意的、最奇异的应用方式，不管这些应用是否在解决真实存在的问题。还记得“星球大战”计划吗？ 74

我要提出的第二点是，一旦一个国家着手发展一套武器生产系统，那政府就必须在一个很长的时期内为此提供必要的资金。一个武器系统的发展，从设计

4 Anatol Rapoport, “The technological imperative,” in *Man-Environment Systems* 16:2/3, 1986.

到部署，可能要花掉 10 年甚至更长时间。为了保证这样的技术活动持续进行，政府不得不筹措和花费公共资金；而为了保证公共资金不断涌入，就需要一个正当的理由。这样就形成了**对一个可靠的、长期存在的敌人的需求**。

在技术的真实世界中，如果国家想要将武器生产当作发展技术的一种基础设施，它就背负这样两个任务：国家不得不保证资金的涌入，国家不得不保证一个可靠的、长期的敌人之存在，因为只有存在一个可靠的敌人,才能合法化大量公共资金支出。这个敌人的存在必须能够证明发展最先进的技术设备是决然必要的，所以这个敌人必须狡猾、极具威胁性，但又是能够被真正精巧的、英雄般的技术所打败的。

我们可以看看西方的基础设施会如何应对苏联目前的情况，想想便很有趣。[5] 我敢说，对“敌人”的社会和政治需求已经深深根植于（我们今天所知的）技术的真实世界，以至于新敌人会立马出现，以保证

5　这里指的是20世纪80年代末苏联和东欧社会主义阵营出现的政权动荡，作者在这里将苏联视作西方的基础设施所创造和防备的一直在场的“敌人”。——译者注

基础设施建设的持续。我个人十分担忧会出现战争机器的内向化转变，毕竟敌人不一定非得是外国政府或外国公民。存在很大的机会——也有不少历史先 75
例——政府会在国家内部寻找敌人。

当我写下这篇演讲稿时，所谓的“对药物宣战”（war on drugs）[6] 正进行得如火如荼。我不清楚的是，在过去的半年中，非法药物的生产与交易是否具有如此重要的分量，以至于我们要对它宣示一场“战争”。然而，坏人及其爪牙已经被指认出来，“敌人”狡猾的残酷行为通过当地的现场画面被活灵活现地表现出来。原本的“床下之鬼”巧妙地被“屋中之人”所取代，而过程中的悠闲以及转变的速度令人顿生叹意。

最终，下面这段出现在《多伦多大学员工简报》上的话，支持了我想要表明的观点：

---

6 “对药品宣战”是美国政府一种持久的政策倾向，直到今天仍在摇摆之中。其目的是削弱非法药物，特别是隐性药物的贸易，一般认为其正式开始于1971年，时任美国总统的尼克松向国会提交了《药物滥用预防与控制专项提案》。“对药品宣战”并非单纯的药物管制，它涉及并导致了大量社会问题：当成瘾性药物和某个被认为是“危险的”阶级联系在一起的时候，医学问题逐渐转化成犯罪问题，保护人们远离容易上瘾的药物的措施慢慢演变成让人们远离和排斥那些使用药物的人，这不但急剧增加了监狱人口，而且使黑人成了受影响最大的群体之一。——译者注

> 加拿大国家研究委员会宣布进行一项新的国家科技项目。为了加强执法，提议成立的加拿大治安研究所将囊括全国咨询中心（NRC）、警察、企业安保、大学、政府，以及用于治安和安保工作的设备的制造商。感兴趣的投资商可以联系……

由此，我们可以将情况总结如下：技术真实世界中的大多数活动都是被规划好的；技术的传播直接导致了一张基础设施大网的形成，而这张网从一开始就是服
76 务于技术的增长与发展的；这些基础设施及其“进一步规划”（通常表现为制度惯性）的存在，严重阻碍了政治和经济变革，即便这些变革是可行且合宜的。

举个例子，在一个试图以经济或军事途径提升战争和暴力之地位的环境中，想要从制度和商业层面以非暴力的方式主动化解冲突、超越战争和暴力，是一件很难做到的事情。从某个层面来说，规划已然成了预言——不是因为规划和构建能带来什么，而是因为它们会阻止一些东西的到来。在这样一幅图景之中，

“敌人”扮演了技术和经济上的配角，其深刻地影响了和平运动的开展。对于我们这些为和解与减少敌对而奋斗的人来说，可能需要花费更长的时间来领会这幅图景的力量。

我们没有理由认为，任何国家促进技术发展的可能途径只有支持战争与暴力行动的准备工作这一条。我们应该记得，日本曾受和平条约的约束，不能组建自己的军队，但它在高科技领域取得了巨大的成功——我认为它的成功正源自这一约束，它没有受到这一条约的束缚。日本发展出了连接政府与工业的基础设施，这些基础设施与那些被建构为战争机器制造者的基础设施稍有不同，但同样极具效率。

在转向其他话题之前，我想指出技术给部分处于战争准备工作以及战争之中的公民带来的改变。就好像现代技术生产系统越来越不需要非技术工人，一个 77
国家也不再需要那么多的新手来维持自身现代化技术性毁灭系统的运转了。放弃强制性义务兵役制并不意味着和平局面的长久，反而可能意味着自动化操作局面的飞速到来。和平主义者们曾经怀有的梦想——即便战争打响了，但没人参与进来，那么战争就不会真正发生——如今已再无可能。

战争可以在不动用额外成员的情况下就打响，公民们要服的**兵役**已不再是战争的必需品，真正必需的是在任何军事交易开始之前全体公民在**财政**上服役。于是，和平主义者们的格言“我们不打仗”应该被替换为“我们不会为战争和有组织的暴力行动的准备工作买单”。当然，这只是一部分加拿大人的做法，他们支付全额的个人所得税，但同时坚持将其中的一部分放入和平税收基金，以保证它不会被用于我上面所描述的战争准备工作。[7]

在继续讲述我对规划策略的一些想法之前，请让我谈一谈自己对规划本身的一些看法。我想谈论的规划并不是指往昔的那些“大设计”——那些人们能在大城市、宫殿和庙宇中找到的东西，也不是那种能让我那位第一次抵达华盛顿特区的朋友说出“这地儿的设计算是废了”的布局安排。我想要谈论的规划，是处于现代意义上的规范性技术范畴中的，

7 历史根源可参见Mulford Q. Sibley, *The Quiet Battle* (New York: Anchor Press/Doubleday, 1963)，加拿大目前的处境可参见*Conscience Canada Newsletter*, Victoria, B. C.。

是韦伯斯特定义为“制定计划……事先安排”的东西。我喜欢这个简单的定义，因为它说明了，不仅存在规划者，也存在**被规划者**，不仅存在做出规划的人， 78
还存在遵从事先安排的人。就好像我们会觉得给出建议比接受建议容易得多，做出规划也比遵从他人的规划有趣多了。就我看来，在多大程度上被规划者能有效地参与规划进程，衡量了技术真实世界有多民主。

我之所以提到这些，是因为被规划者既不知晓也没同意，规划就开始了的情况经常发生。实际上，一般计划不成功，也往往是因为它们没有将被规划者的位置——他们对规划的反应，他们对规划的反对，他们的抵抗策略——纳入考量范围。我也将在后面的演讲中谈到，自然环境就通常被视为一个被规划者，而且这个被规划者没有得到应有的重视。

即便在某个具体规划之中，也存在相互矛盾的目标。当我积极参与多伦多市规划局的相关事务时，我曾写下一篇论文——《资源基地与栖息地》(“The Resource Base and the Habitat”)。在这篇论文中，我想指出的是，大型现代城市内部被填充了两个相互矛盾的功能。城市已经变成了许多人自然而然的栖息之所，大多数人在这里成长，他们几乎将自己整个人生都消耗在这里，也在这里生儿育女。对城市的规划原本应该保证这个栖息地维持生机、安全和正常运转，但城市中大量人口的聚集也给许多企业提供了资源基础。对食物和居所、娱乐和工作的需求，把城市变成了煤矿或森林那样的资源基地。那些想要开发这个资源基地的人，对那些需要将之发展和保持为栖息地的
79 人，动了不同的心思。“资源基地用户”迫切要求无限制地接近资源，而且尽可能地不对开发过后留下的废物渣滓负任何责任。购物商场生产出来的垃圾堆以及快餐店生产出来的塑料容器，都变成了跟煤矿里的剩余尾料和挖掘后产生的潟湖一样的东西，被留给社区来处理。

不同的规划远景及其相互矛盾的要求，能够被合宜的、民主的规划进程调和。尽管这种进程在某些管辖区内存在，但其可行的执行方式依然是与栖息地功能相对抗的。比如，周日购物对于资源基地的支持者来说是件好事，但对于栖息地社群来说就不

一定了。[8]

请允许我简要地重述一遍我的观点。我指出了规划是一个既包括规划者，也包括被规划者的活动。在我的定义中，规划源自规范性技术。由于规范性技术已经成为技术真实世界中大多数活动的主导技术，规划也就成为建构和重构社会、允许或禁止从事某事的主要工具。从个人对规划施予他们的影响所做出的反应，我们可以很明显地看出被规划与被控制给生命带来了多么大的影响。技术的真实世界也充满了有想法的人，他们试图破坏那些外部施予他们的规划，作为一种社会现象，这种抵抗技术是值得研究的。

技术性规划的一个共通点是，它们总想把参 80
数调整到最迅速、最高效的状态。撑起规划的是一种生产模式，而生产又典型地被规划到最大产值。在这样一种环境中，人很容易忘记不是所有事情都能规划。实际上，大多数能由生长模式来

8 周日购物（Sunday shopping），指的是零售商在周日开店营业的能力。在基督教传统中，周日被认为是“安息日”，政府有相关规定来控制商店的营业时间。关于周日购物，各个国家的规定不一，有些国家或次级行政区全面禁止零售店周日营业，或者设立十分严格的营业时间。——译者注

恰当概括的事物——其中当然包括许多日常生活活动——从根本上来说都是不可规划的。我可以举一个源自我生活的例子：在我第一个孩子降临的过程中，尽管我在知识方面已经准备充分，但我仍然被这件事给我的人生带来的随机性给打败了。我花了好长时间才明白过来，我已经不可能像以前那样规划自己的生活了。这并不意味着我不会再做规划或提前做安排，但我需要做出不同的计划来应对那些不可规划的事情。

特别是女性，在过去的几个世纪中，她们发展出了上面提到的这种计划——不向随机性妥协，而是依据清醒的判断来分配时间和资源，该计划与我在前面提到的整体性技术之特性很相似。这种计划需要知识、经历、洞察力和对目前处境的整体感知，它们与规范性的规划很不一样，因为指导这些计划的整体性策略，多半是为了将可能出现的祸患最小化，而不是为了将收益最大化。

著名的挪威社会学家和女性主义者贝丽特·奥斯（Berit Ås）曾这样描述不同策略之间的差别。她将传统的规划视为利益最大化策略的一部分，而应

付（coping）则是将祸患最小化的策略之中心。[9]两 81
者最重要的一个区别是语境的地位。将祸患最小化的企图，需要对语境的重新认知和深入理解。语境并非是稳定、一成不变的；与此相反，每一次对语境的回应都会招致反回应（counter-response），而这些反回应又使情境发生变化，所以接下来我们实施的步骤、做出的决定都是在一个已经改变了的语境中进行的。而规范性活动的规划协议则能从一种运用情境转移到另一种，无视语境的变化。

你也许会说，这样在学术上对不同的策略进行区分没什么，但是一个人怎样才能在家庭中、在公共场合里，通过规划来避免祸患呢？我想举两个很明显的例子，因为我急切地想告诉大家，在通过规划来使祸患最小化的道路上并没什么实际的阻碍，而且这一规划在目前的技术真实世界中是完全可行的。其中的一个例子来自由托马斯·伯杰（Thomas Berger）领衔的对麦肯齐山谷管道修建的质询[10]，另

9 Berit Ås, "On female culture," in *Acta Sociologia* (Oslo), vol. 2—4: 142—161, 1975.

10 Thomas Berger, *Northern Frontiers, Northern Homeland*, report of the Mackenzie Valley Pipeline Inquiry, vols. 1—2 (Ottawa: Supply and Services Canada, 1977).

一个例子是加拿大国家科学理事会于 1977 年以“作为节能社会的加拿大”为题进行的课题研究。[11] 再一次，如何处理语境成了关键。

针对麦肯齐山谷管道修建提出的质询报告的各项特征都显示出了其对语境的尊重。报告将语境尽可能地说明清楚，并详细记录了该规划的各种细枝末节。
82 报告给出的考虑范围很广，而且规划背景中诸要素的相互作用也得到重视。报告提出的建议与推荐的行动步骤，让极具影响力的强制措施深入整个工程，对工程规划的长期目标进行内置性的修正。该质询本身通过多种模式搜集了证据，从听取当地原住民的声音，到询问“专家”关于能源需求和燃气供应方面的预测的可信度。这是一个吸引人的、相互交错的过程，而且是它提出了建议——管道建设需要 10 年的暂停期，在此期间，政府必须马上开展对当地社群和北极圈内的人类栖息地的保护工作。报告还建议，对未来可能出现的某些技术活动实行永久的限制。由此，该质询报告提供了一个可行的规划，在减少潜在祸患的同时，

11 *Canada as a Conserver Society* (Ottawa: Science Council of Canada, Report #27, 1977).

保证发展进程。除了提出建议之外，伯杰的质询还生成了各种最具价值的、原本不大可能出现在公共领域的文件和研究材料。

对我而言，伯杰质询的存在正是我们能够参与各种不同规划进程的证据。技术真实世界的复杂性，并没有为能够将灾祸最小化的策略之实施，布下不可逾越的障碍。

加拿大科学理事会所做的《作为节能社会的加拿大》研究则与伯杰质询报告略显不同。1975 年，我主持的一个科学理事委员会被要求探寻加拿大是否以及如何成为一个节能社会。理事会的最终报告是这样描述节能社会的：

> 节能社会概念的提出，源自对未来的担 83
> 忧，以及对我们今日在能源与资源领域所做之决定，会对未来中长期造成不可逆转甚至毁灭性的打击之深刻认识。
>
> 建设节能社会之必要性，在于我们将整个世界视为对人类而言有限的东道主，以及我们对不断增加的布满整个世界的独立国家

政权之承认。

重新意识到将祸患最小化的急切需求，这一点根植于该研究的各个阶段，它不仅体现在调查问卷的问题中，而且直接影响了整个研究的进展。调查伊始，关注调查的社群——从公民团体到监管机构和行业代表——都参与其中。调查过程中，我们发表了多篇背景式论文和一篇通讯稿，举办了多次工作坊。在整个项目的审议过程中，委员会的态度都是公开公正的。

在委员会的最终报告中，对项目的评估和具体的建议合并在了一起，这使得我们更能看清，在加拿大已有的经济体系和政治构架的基础上，通过规划将祸患最小化是完全可行的。报告还指出，我们急需制定相关政策来保障和促进能使灾祸最小化的技术创新。但在 1977 年，该报告所提出的公共政策建议并没有被加拿大政府采纳，伴随着 80 年代到来的是利益最大化
84 策略的突飞猛进，而这种策略极大地提升了环境和社会祸患出现的可能性，并使恢复任务变得更加复杂和难以完成。

在各种祸患最小化的努力背后，有一个共同的主

题，那就是确信普通人是要紧的——正如 E. F. 舒马赫（E. F. Schumacher）在他的著作《小的就是美好的：一本把人当回事的经济学著作》（*Small Is Beautiful: Economics as if People Mattered*）的书名中表述的那样。然而，我们一定要记住，在技术的真实世界中，大多数人并不生活和工作在以他们的福祉为目标而建构的环境之中。我们生活于其中的环境，是以技术的福祉为目标而构建出来的，这是一个人工制造出来的、不自然的环境。我们的周遭环境也许很适合进行生产，但它并没有那么适合生长。

说到环境，我必须说我越来越不想使用这个概念，即便它在目前的讨论中居于如此显著的地位。我觉得，“环境”这个词在寻找真相方面与其说是一个概念，不如说是一个迷惑人的东西。当人们在谈论环境时，他们到底在谈论什么？是在谈论当代的技术真实世界中那日复一日建构而成的、人为打造的环境吗？还是被委婉地称作“自然的”环境？为什么我们不直接谈论自然呢？如果把世间万物都与我们自身相关联，这样未免看起来太自我中心和技术中心了。环境最基本的概念是围绕在我们身边的事物，个中强调的仍是我们， 85

是我们的环境，不是鱼儿、鸟儿或树木栖息地的环境。

在政治讨论中不情愿使用“自然”一词，很可能是因为这些人不愿意承认在这个星球上居住着跟我们平起平坐的、独立的伙伴。人类只是自然的一部分。这样的认知与将自然环境说成是“我们的”相互矛盾，后者在某种程度上将自然当作了一种基础设施，一种需要适应我们、帮助我们或者成为我们生活一部分的角色，理应服从我们的规划。这样的心态将自然视作一种构想，而非一种拥有自身活力的力量或存在。[12]

技术的真实世界通过多种方式——其中有些很微观——否认自然的存在及其真实性。举个例子，当一个人走进北美或西欧的某个超级市场时，他是很难察觉到季节之存在的。我是在德国柏林长大的孩子，我儿时仍有这样一种特殊经历：当大家围着家庭圆桌，如同参加小型节日活动一般庆祝当季第一棵芦笋、第一颗草莓的成熟，或者冬天稀有的、如特别礼物般的橘子被端上餐桌。如果我们对季节缺乏感知，那么我

12 Carolyn Merchant, *The Death of Nature* (San Francisco: Harper & Row, 1980); Barry Commoner, *The Closing Circle* (New York: Alfred A. Knopf, 1971).

们也会对气候毫无感觉——我们会在冬天创造一个温暖的环境，在夏天创造一个凉爽的环境——通过调节温度与湿度的平衡创造一个不真正反映自然的环境。由此，自然成了“我们”之外的东西，我们将自己裹
在了茧里。当然，技术的确允许我们在自己的生活中 86
设计自然，但这一点也许是很愚蠢的。人是自然的一部分，无论我们愿意与否。机器能在不变的温度和恒定的湿度中工作与蓬勃发展，但人是不行的。为了身体和精神上的健康，我们需要季节的变换和对不同气候的体验，将自己与自然和生命紧紧绑在一起。

我并不是要否认人们常提到的“清理环境”的急切任务，但我也想强调，清理技术中心和自我中心的心态也是十分紧急的，我们应该摆脱这样的想法：自然只是技术真实世界中的又一个基础设施。

有时候我会想，如果我能得到一个实现愿望的机会，我会许愿加拿大政府能够像对待美国那样对待自然——给予它最大程度的尊重，并视之为超级强权。

当政治行动的建议被摆在加拿大政府的面前时，无论何时，它首先考虑的问题似乎都是“美国人会怎么想？他们不会喜欢这个主意的。他们会表达自己的

不满，他们会报复！”那么，大自然呢？很明显啊，自然也不接受技术的真实世界中所发生的一切。自然**正在**报复，我们最好弄清楚这是为什么以及如何发生。所以我建议你们，在所有的规划过程中，将自然当作一个有力的、独立的力量来考虑。在问“美国人会怎
87 么做”前，先问一问“自然会怎么做”。

说了这么多规划，我可不想在简要地谈谈这些规划的成果之前就匆匆结束演讲，毕竟，做规划是为了完成某个特定的目标。所以，我们有必要来看看，那些目标到底怎么样了。对规划和预测的回溯性评价并不是一件特别让人舒服的事情，也许正因为如此，这种回溯性评价才没能发展成研究中的一个准则。人们或许会想，我们可以从缜密的规划和深思熟虑的预测的失败原因中，学到很多东西。当然，这些讲述中会有许多奇闻逸事，关于伟人们是怎么对科学与技术的发展判断失误的，比如他们认为人造飞行器是不可能的，声音是绝不可能通过电线传播的，等等。我并不想只是简单地指出他人在预测这件事上走得有多远；我也一点都不怀疑，我今天在这里说的某些话，是经不住时间的考验的。我真正感兴趣的是，某些很

大程度上合理的、短期的预测仅仅是因为误判了语境而未能成真。对我而言，这种情况是一种提醒，任何貌似可信的预测技术之影响的方法，必须聚焦于语境，并且做到不仅重视设计技术的规划者，而且看重被规划者的经验和观点。

1964 年，英国杂志《新科学家》在其编辑奈杰尔·卡尔德 (Nigel Calder) 的主导下，联系了来自许多国家的社会学家和物理学家，并且要求他们对各自的研究领域或各自的祖国 20 年后，也就是到了 1984 年会变成什么样子做出预测。有些精通自身领域的学者，十分 88
期待 1984 年——那个乔治·奥威尔提到的年份——到来。这些科学家对该问题的回答于 1964 年结集出版，而且这本书今天仍在印刷。[13] 我向你们极力推荐这本书，因为它实在太棒了。在这些预测中，有关于空调装备的大量普及的，有关于创造性休闲活动的，也有关于大规模的政治介入的。但我特别喜欢一位来自 IBM（国际商业机器公司）的高级主管所写的文章，《驱逐文书工作》（“The Banishment of Paperwork”）。他

13 Nigel Calder, ed., *The World in 1984*, vols. 1—2 (Harmonds-worth: Penguin Books, 1964).

在文章中十分自信地预测，到 1984 年，文书工作会完全消失：在 20 年内，计算机会变成唯一的传播媒介，繁重的文书会被驱逐出我们的办公桌。

以加拿大为例，当时的加拿大国家研究理事会（National Research Council）副主席将他的预测命名为“加拿大：为人们提供足够空间”（Canada: Plenty of Room for People）。他预测，到 1984 年加拿大的总人口至少有 3500 万，出口小麦、纸浆和纸、铁矿石、镍，以及其他种类的金属。同时，加拿大的制造业将会蓬勃发展。他还预测，加拿大的科教电视业将会有一个广阔的未来。“比如，到 1984 年，某人可以通过拨打图书馆电话，待在自己家里就能读到任何一本书，书的页面会直接出现在电视屏幕上，而盲人、懒人和不识字者则可以‘听’书。”他进一步预测，在 1984 年之前，汽车拥有率就会稳定下来，因为到时候汽车的数量会非常巨大，额外的汽车之增长基本上不会存在。到处都可能存在交通拥堵的情况，所以更多的车辆是无意义的，而供车辆行驶的道路以及供停车使用的停车场
89 和车库的缺乏，也会使汽车更不为人所需。

这个预测以及其他相似的评价都很明显地对政治

带给技术的动力缺乏足够的重视。理所当然，即便是最好的农业用地，也会被攫取用来修建道路；即便是用来为穷人建造住房的用地，也会被用来改建车库。

集子中还有其他一些令人惊讶的预测——他们竟然认定，技术和信息的增长会带来无限的舒适感和潜在的繁荣兴旺。其中一篇文章《生物工程：无限的机会》（“Bioengineering— Opportunities without Limit”）就是这种展望的代表。

书中许多科学家对生活和工作条件下的空调装置和完全的气候控制做出了预测——我感受到了那种将“某种东西”挡在屋外以保护和封闭人类的愿景。但是这些预测根本没有意识到生活与这样一个事实之间的联系——那些有可能伤害人类的东西也会伤害空气、土壤和水、植物和动物。

第三世界的饥荒广被承认——许多做预测的科学家就来自欧洲和北美以外的地区——而养活日益增长的全球人口的需求亦广为人知。但是，没有关于第一世界可能发生饥荒或贫困的共同认知。**经济上的**不发达现实已被学者们接受，但**道德上的**不发达很少被提及。

我在前面提到要在语境中看待技术，我指的语境

90 是自然与人的语境。人类的预测与《1984年的世界》（*The World in 1984*）里面的各种预测别无二致，一样错误。这是因为语境并非一种被动的媒介，而是一种极具活力的人类对等物。在规划与预测的陈述中，人类的回应——无论是个人的还是集体的——与自然的回应通常被低估。电子工程师们所谈论的电感耦合（inductive coupling）指的是，一个改变了的电磁场会产生一段电流，而这样又会产生一段反向电流。改变会产生改变，这在不同的维度与量级上都会发生。或许技术的真实世界最需要的是怀有人性的公民吧，像开普勒或牛顿那样研究宇宙，但清楚地知道自己无法管理宇宙。

THE REAL WORLD OF TECHNOLOGY

第五章

在这些演讲中，我反复强调了规范性技术的劳动 91
力特性会让人们适应服从与一致的文化，而这会带来十分显著的影响。

伊凡·伊里奇在他写于 1981 年的文章《影子工作》（“Shadow Work”）[1] 中指出，规范性技术，特别是在行政管理和社会服务方面的规范性技术，只有在客户——比如家长、学生或病人——完全忠诚，而且严格遵照体系的相关说明来行事时，才会产生预期的结果。由此，规范性技术的高级应用，不仅要求工人们的服从，还要求那些使用技术的人或者为技术所用的人的服从。伊里奇强
调，公民个人和公民群体在使规范性技术运转起来的过 92
程中扮演了重要的角色。我在上一篇关于支持技术的基础设施的演讲中指出，不仅个人必须适应服从的规划，连政府和公共机构也不得不如此。

所有的社会互动都是依据某种典型的内在逻辑展开的，凡事付诸行动，自然会希冀相匹配的反应的出现，不管出现的是针锋相对的冲突性逻辑，还是忍气吞声、相安无事。在规范性技术被建构出来用以进行社会交易时，这些交易以技术的逻辑、生产的逻辑被

1　参见第二章注释1。

组织和再组织。由于技术真实世界中越来越多的日常生活开始由规范性技术完成，技术逻辑也开始压倒其他类型的社会逻辑，比如同情逻辑或责任逻辑、生态拯救逻辑或与自然相连接的逻辑。赫伯特·马尔库塞在他的著作《单向度的人》(*One Dimensional Man*)中，就谈到了这种压倒性权力。[2]

我想通过调查不同技术被引入社会所产生的不同模式，来阐明技术逻辑压制其他种类社会逻辑的机制。技术史学家指出，这一引进过程一般会有几个阶段。发明与创新可能带来特定的技术发展，而技术发展会带来技术的增长、社会接受度的提升、生产过程及产
93 品的标准化。标准化一般能够带来技术的巩固以及经济的巩固。从这一点来看，某种技术可以变得异常稳定，以至于任何进一步的技术创新都不可能发生。技术本身不再发生变化，或者至多只是进行少量调整。

我们也可以从接受了技术的社会之角度来看发明、增长、接受、标准化和停滞这同一过程。这个视角为我们带来了一幅更丰富的图景。从这个更为有利的角度，

---

2 Herbert Marcuse, *One Dimensional Man* (Boston: Beacon Press, 1964).

我们可以看到在某个发明的初始阶段，是充满了热情和想象力的。彼时，人们会付出大量精力探索和阐释某个新发明是多么美妙、多么有用。科幻作品通常会为这样的想象力探索提供框架。人类飞翔的梦想、快捷私人运输的梦想、洲际即时通信的梦想、智能机器协助的梦想，强调的都是从辛苦的体力劳动和家里的苦差事里解脱出来。创造力以及从辛苦工作中解脱出来的源泉似乎已近在咫尺。在这一阶段中，创造出了一种人类间的联结以及一种普遍的兴奋感，后者源自人们认为自己参与了一个美妙的、进步的时刻。对此有所保留的声音听起来就像是不满的怀疑论者，充满了对改变的恐惧——就像老太太嘴里常说的，如果上帝想要我们翱翔天际，他就不会赐予我们铁路了。

在工业革命时期，出现过“对蒸汽机的颂歌”，19 世纪和 20 世纪之交的大型展览上摆满了光学和声学设备，它们似乎勾勒出了一个普通人能触及的、更 94
激动人心的生活。[3] 在这一生机勃勃的阶段中，技术通过进入公共意识和公众想象，完成了更广泛的成就。

3 Humphrey Jennings, *Pandaemonium: The Coming of the Machine as Seen by Contemporary Observers, 1660—1886* (London: A. Deutsch, 1985).

是啊，人们会觉得，为什么不去试试开辆汽车或者打个电话呢，用这些奇特的机器来工作也不错呀。

这个阶段之后，在飞驰的想象力、人类之间的联系以及过多的渴求相互作用下，一个新阶段出现了。这个阶段若要形容起来，就像一位严厉的父亲会说的："你好好想想，长大后你到底要做什么？" 这是一个技术增长与标准化的过程。从这个阶段开始，行业对人——无论是工人还是用户——的需求大大降低。

用汽车来当例子，在其初创阶段，它完全可以被看作"机器新娘"（mechanical bride），这个概念由马歇尔·麦克卢汉提出，用以描述汽车与车主之间的关系。[4] 年轻人定期保养自己的汽车，擦亮或翻新，修理或升级。车主之间甚至存在这样一种友爱之情：他们会倾慕彼此的"汽车新娘"。在现在的技术真实世界中，这样的情况已经很少见了。在汽车技术的"中世纪"，调整或修理汽车不只是把可更换部件拿出来，用完全相同的部件替换掉。对车主来说，汽车修理即便不是完全不可能，也是较难实现的。在那个时代，汽车的

4 Marshall McLuhan, *The Mechanical Bride* (New York: Vanguard Press, 1951).

购买和保养费用十分昂贵，但对于许多人来说，买车既非为了娱乐也不是为了炫耀，而是将之当作必需品。由此，“机器新娘”转变为一位要求很高却是最基本的“商业伙伴”。

汽车的技术标准化已经完成，随之而来的是，车 95
主不再需要直接接触汽车机器本身。同时，那些本服务于不使用汽车的公民之基础设施逐渐衰退，直至消失。有人会说，这些基础设施是被淘汰的。铁路越来越让位于公路，由此本用来解放其使用者的技术，如今反而开始束缚使用者了。拥有这“四个轮子”本应得到的乐趣——那种想走就走、想去哪儿就去哪儿的独立感——如今已哑然无声，因为在现实世界中，成千上万的人或许都在同一时刻想去同一地方。

技术的早期阶段一般发生在要么接受、要么放弃的情境中。使用者参与其中，他们会获得一种控制感，会觉得自己有完全的自由来选择使用或拒绝某种技术及其产品。然而，一旦某种技术以及相应的基础设施被制度化，使用者往往会被迫支持这两者。（从这点来看，技术本身是可能停滞的，所谓的进步也许是伪装的或临时的。在这之中，技术的竞争成了一种仪式。）再回到汽车的例子，铁路逐渐消失，“开车出门还是不开车出门”的对立式选择已经不存在了。

当评价不同的技术对个人和社会的影响时，上面提到的技术内部年代表必须被考虑进来。比如，在我的记忆中，不仅汽车有这样一种年轻的、参与式的阶
96 段，音频设备也是如此。彼时，人们会谈论匹配阻抗、建造唱机转盘和机箱里的前置放大器，以及比较各自在声音的高保真复制方面做出的令人敬佩的成就。这样一个阶段也消失了。市场现在只提供标准的音频插件，使用者可以用这种设备听声音，但除了按按钮以外，其实你什么都不能做。计算机使用也在面临同样的演变。现在使用个人计算机的流行度以及使用者情感上的参与度，跟汽车还是“机器新娘”那会儿很相似。[5]同样的，在计算机的使用过程中，技术也许诺解放使用者——你不需要再有好的打字机使用技巧，不需要再纠正自己的拼写错误；不需要会算数，不需要知道怎么算百分比；也不需要再把档案分门别类。这些事情计算机都能做到。它甚至能把你那封写给阿梅利亚婶婶的令人不快的信回收，稍做调整，再次寄给其他的

5 作者指的是20世纪80年代末。——译者注

家庭成员。

制造商和发起人总是鼓吹新技术能够让人解放的一面，而无视其存在问题的一面。他们会试着让人们不那么恐惧技术，以用户友好为导向，让使用者在学习新技能的过程中产生自豪感。他们还会建构用户社群，里面充满了分享新学技能的热烈气氛。在计算机领域，这些努力最好的体现就是计算机杂志的流行。这些杂志包含从免费的，比如能够从社区的便民商店里直接领取的《多伦多电脑报》，到高级的，比如《电脑世界》。这些杂志拥有类似的风格，充满了情感耸动、激动人心、大惊小怪的报道。它们让我一下就联想到了女性杂志，后者也是大规模地出现在超市，里面会 97
介绍各种看似精美的厨房用具和精致的食物，还会配送优惠券或免费礼品，以及交换用的食谱和靠谱的烹饪捷径或特殊效果建议。我强烈推荐你们从行文结构和风格方面仔细看看计算机杂志里面的文章。你或许会翻到这样的专栏——“我是怎样发现 LOTUS 1-2-3[6] 表格的更多功能的。”“超乎想象！我是怎样扩张 Mac

6 LOTUS 1-2-3是1983年由莲花公司出品的一种电子表格软件，它是同类软件的鼻祖。——译者注机的功能的。”这些专栏强烈地让我想到类似“用现成袋装面粉做蛋糕,我是怎样做到没让婆婆看出来的”的专栏文章。

你或许会质疑这种类比的可靠性，也许还会问：“介绍袋装食物和开拓家庭计算机市场之间真有这样的一致性？”我认为是有的，论述如下：第二次世界大战之后的时期见证了食物化学添加剂领域的进步，而这些添加剂使食物能在货架上待得更久。与此同时，新机器的出现使商品的单独包装在经济上更可行，新的商品储运系统——特别是空运——也在此时兴起。由此，食物成了化学上稳定，行业化包装，以及商业化远距离运输的东西了。做广告与拓展市场的挑战在于如何刺激和诱使烹饪过程与食用习惯发生改变，使之使用这样一种新产品（以及随之而来的各种装置）。

接下来，证据链从“贝蒂妙厨”[7]及其食谱，到杂
98 志和小玩意儿，再到冷冻食品和冷冻快餐，一直到今
日试图推广的辐照食品（或者第三世界正在推广的所

7 “贝蒂妙厨”（Betty Crocker），美国一个提供主食、配菜、甜点及烘焙食品的生产商。——译者注

谓婴儿配方）。对工业化生产食品的推广，试图让家庭妇女把这些产品当作能够从家务中解放自己的、激动人心的东西，而不去担心化学添加剂和日益增长的开销。我在个人计算机的推广过程中看到了同样的情景，而且我认为这种向使用者的倾斜是有意为之的。这种推广方式试图营造一种在新技术的运用下看似无害的家庭氛围，以此渐次推进新技术的接受度。谁会对这些能让家庭生活变得更有趣味、可爱且智能的东西说不呢？你看，孩子都能跟它们做游戏呢。[8] 甚至有一种计算机语言来支持这样一种无害的环境氛围。人们会说“开机”（booting up）和“文字样板”（boilerplates），还会说“鼠标”（mouse）和“菜单”（menu）。在这种语言中，使用者似乎感觉到自己有选择，掌控一切，与机器和其他使用者保持着一种令人舒适的关系。

但是这一阶段并不长久。在那从粉色毛绒背后，人们已经能够看到全球性重构的一些征兆。工厂里的变化已经开始，而取得控制权的并不是工人。当你

8 Dennis Gabor, *Innovations: Scientific, Technological, and Social* (Oxford University Press, 1970); Tracy Kidder, *The Soul of a New Machine* (London: Allen Lane, 1982).

翻阅那些煽情的计算机杂志时，你或许会想读读海瑟·孟席斯（Heather Menzies）的《快进与失控》（*Fast Forward and Out of Control*）[9]，在这本书中，孟席斯从加拿大经济和工人的角度谈论了全球性重构。

如果我们不仔细观察新技术的推广，特别是不观察随之而来的基础设施，那种用技术解放生活的承诺很可能会变成通往奴役的门票。我想用一个例子来提
99 醒你们新技术所谓的解放承诺的可疑之处。这个例子明确、直接而激烈，我们来看看缝纫机的推广过程。

1851年，机械化的缝纫机成了一种可以购买到的设备。销售商在宣传它时称之为一种可以将妇女从手工缝制的杂务和苦差中解放出来的居家用具。无论是家庭妇女为了家用而缝缝补补，还是女裁缝为他人缝制东西，该机器的承诺是她们都能从辛苦劳动中解脱出来。可以看出，该设备不仅承诺让女性个人受益，还确立了更高的目标，将人类视为一个整体。下面这段文字写于1860年，谢丽斯·克拉马雷（Cheris Kramarae）曾在她关于缝纫机历史的文章中引用：

---

9 参见第二章注释7。

> 在一段时间之后，缝纫机会极为有效地清除所有阶层里的衣不蔽体者。所有的慈善机构都开始采用这种机器，而它在为贫困者提供衣装方面所做的工作，比文明世界所有愿意投身慈善事业的女士加起来可能做到的工作还要多上100倍。[10]

这一预言的作者很明显地假设了，缝纫机的推广会给那些一直从事缝纫工作的人带来更多的工作，以及更简便的工作。他们会在毫无变化的环境中，接着干他们一直在干的事情。

现实与此相差万里。在新机器的帮助下，缝纫工作
开始在工厂环境中进行，血汗工厂开始剥削女性劳动力， 100
特别是女性移民的劳动力。实际上,缝纫机不再是解放的同义词,而是剥削的同义词。家庭缝纫机的使用频率很少,因为机器缝制的家居用品和服饰完全能直接在大型市场上购买到。这些服饰是用规范性技术制作出来的，在这

10 Cheris Kramarae, "Lessons from the history of the sewing machine," in *Technology and Women's Voices*, Cheris Kramarae, ed. (London: Routledge and Kegan Paul, 1987).

种情境中，一个女裁缝工只缝制袖子，另一个女工把袖子缝到衣服上，一个女工缝制扣眼，另一个女工负责熨平衣服。一种利用劳动分工的严格的规范性技术，就这样从一种宣扬解放“家务”的新机器中诞生了。在随之而来的服装行业变革中，大量的设计、切割和装配工作开始自动化操作，这个过程一般会完全清除相关工人。

服装生产的工业化社会史，跟目前饮食工业化所处的阶段类似。食物零售商店用冷冻的或添加化学剂的产品组合生产出“套餐”，就像生产衣服时将袖子和衣领进行组合一样——这些都是低收入工作，而且缺乏对雇佣关系的保障。的确，女人们在缝纫、烹饪方面做的工作更少了，但她们要在家庭之外付出更多的劳动，才能买到衣物和食物。

将许诺的解放变成奴役的，不是技术产品本身——不是汽车、计算机或缝纫机——而是促使人们使用这些产品并对它们产生依赖的结构和基础设施。有趣的是，在技术传播的过程中，普通事物——比如
101 一顿家常饭，一件私人制作的衣服——变得价格不菲、十分特别；但曾经高价而特殊的东西——比如从东方运来的衣物或水果——现在变得极其普通和常见了。

我来简要重述一下：许多新技术及其产品进入大众视野，它们允诺会带来希望、想象力和参与度。在不少情况中，这种允诺最终被证实是虚构的、不真实的，即便在最好的情形中，这种允诺也在极大程度上是被夸大的。在此期间，人们广泛地讨论个人层面——使用者或工人——的获益，关注从苦差和杂务中解脱出来的轻便生活。人们除了用模糊的语句来夸耀进步之外，似乎不会从大量人群使用同种设备的层面来讨论这个问题，也不会关注新技术带来的组织性和工业化的影响。

除了夸张的个体层面的承诺，技术还被认为能够轻易融入“正常生活”。精心选择、用来形容新技术进步的宣传话语，能够打造这样一幅图景，其中有亲密无间的社区和充满冒险精神的使用者。然而，一旦这种技术被广泛接受并被标准化，技术产品与其使用者之间的关系就会发生变化。使用者的活动范围会受限，他们的地位会下降，他们的需求也不再是设计者主要考虑的东西。于是，某种技术在社会和政治影响力上的增长所带来的可辨识模式，不再需要依靠之前正在成形的体系中的技术特征。

现在清楚了，我们不可能“仅仅引入”某种新玩 102
意儿来完成特定的工作。愚蠢的人才会认为在这种情境中，其他任何事物都会保持不变。只要一个事情发生改变，所有的事情都会跟着改变。即便一个家庭只是买了个洗碗机，它也会改变家庭成员的沟通和时间模式，以及他们的期许和合作的方式。

女性主义讨论和研究在科技的社会和政治维度上做了更多新的阐释。从伊夫林·福克斯·凯勒（Evelyn Fox Keller）的《关于性别与科学的思考》（*Reflections on Gender and Science*）到辛西娅·科伯恩（Cynthia Cockburn）的《支配的机器》（*Machinery of Dominance*），这些调查为质疑科学技术的社会建构提供了崭新的观点。由此产生的洞见更清晰地澄清了我们所谓的科学与技术的企业本质。时至今日，有大量文献阐明了在大多数科技领域内的教育、研究和实践，是如何仅仅通过等级、威权、竞争和排外而在本质上遵循男性模式的。[11]在技术领域，这一发现并不令人惊讶，

11 Joan Rothschild, ed., *Machina Ex Dea: Feminist Perspectives on Technology* (Toronto: Pergamon Press, 1983); Sandra Harding, *The Science Question in Feminism* (Ithaca, NY: Cornell University Press, 1986); Evelyn Fox Keller, *Reflections on Gender and Science* (New Haven, CT: Yale University Press, 1985); Cynthia Cockburn, *Machinery of Dominance* (London: Pluto Press, 1985).

技术的主要层面都与规范性实践相关，由此也就与权力与控制工具的发展相关。

我在前面谈到过罗伯特·摩西的林荫道系统，这种技术将种族和阶层偏见包装了起来。与此同时，也存在着许多对性别偏见的技术包装。在第一篇演讲中，
我指出了作为实践的技术如何能够定义和辨识实践的 103
内容和从业者。工具和职业中为人所知的性别化倾向，带来了针对女性的强烈偏见，这些偏见既是个人化的，也是体制性的。有些学者，比如萨利·海克（Sally Hacker）和玛格丽特·本斯顿（Margaret Benston），就记录下了这些偏见及其后果。[12]

你们一定不要以为这种偏见只会伤害女性。将女性排除在形成性的从业者之外，对整个社会都是有害的。阻挡妇女发挥自身创造性实践来参与技术

12 Karin D. Knorr-Cetina and Michael Mulkin, eds., *Science Observed: Perspectives in the Social Study of Science* (London: Sage Books, 1983); Sally Hacker, *Doing It the Hard Way: Essays on Gender and Technology*, Dorothy Smith and Susan M. Turner, eds. (Boston: Unwin Hyman, 1990); C. DeBresson, M. L. Benston, and J. Vorst, eds., *Work and New Technologies: Other Perspectives* (Toronto: Between the Lines Press, 1987); Sally Hacker, *Pleasure, Power and Technology: Some Tales of Gender, Engineering, and the Cooperative Workplace* (Boston: Unwin Hyman, 1989).

活动的一个强有力障碍，便是技术工作的分隔及其死板的建构。1984 年，我写了一篇题为“女性改变科技，还是科技改变女性？”（Will Women change technology or will technology change women?）[13] 的文章。在文章中，我提出了知识与工作的技术性建构问题。就像我在这些演讲中做的一样，我在那篇文章中勾勒了规范性技术的本质，阐明了令规范性技术起作用的因素。我还将这一工作模式与历史上女性在情景性和整体性工作中的经历进行比较，后者的成功往往基于个人的判断，对工作整体进程的把握，以及在任何时候辨识基本变量的能力。然而，这些知识和判断的特质在现代工业化生产中竟不名一文，甚至是不被赞许的。即便如此，这些技能和力量却通常是女性能够带给工作场所的。

104 我在那篇论文中争辩到，如果将女性放入技术的真实世界仅仅是为了让她们在现有的技术模式中工作，那是毫无意义的。女性能够给技术带来的最大贡

13 Ursula M. Franklin, “Will women change technology or will technology change women?” in *Knowledge Reconsidered: A Feminist Overview*, selected papers from the 1984 annual conference (Ottawa: Canadian Research Institute for the Advancement of Women, 1984).

献，恰恰是通过理解、批判和改变那种让女性远离技术的体系参数，来变革整个技术结构。只有这样，我们才有可能变革技术的真实世界本身。庆幸的是，我已经看到了这种结构性变革的一些小起步——不那么规范性的工作，分级不那么严苛的工作场所，以及不那么严格论资排辈的工作关系。然而，这只是个开始。在技术的真实世界中，女性想要获得成功，最有效的途径仍是尽快成为“那些小伙子”中的一员。

对于由科技的科层式结构和女性的缺席所造成的维度上的缺失，我还有许多东西可说，但现在我得聊聊在新技术的引入阶段中作为工人的女性。标准的技术史[14]很少承认女性对现代技术的发展和传播所做的贡献，然而我们完全可以这么说，没了女性的付出，没了她们做大量细小但重复的工作的意愿，没了她们学习复杂工作模式的能力，电气与电子技术不会以目前的方式发展起来。人们通常都会强调女性在新技术秩序中的低薪酬，但不为人所强调的是，女性的技艺

14 Friedrich Klemm, *A History of Western Technology* (New York: Scribners, 1959); Ivy Pinchbeck, ***Women Workers and the Industrial Revolution, 1750—1850*** (London: Routledge and Sons, 1930; reprinted by A. M. Kelly, New York, 1969).

105 与毅力对技术本身的发展而言是多么重要。当人们翻阅电气与电子技术设备的制造史时，很明显能看到女性工作者的在场对制造商的成功是多么关键。

同样，我们也能在机械技术向办公室转移的过程中观察到这一点。除了女性，还有谁能够应付庞然大物般的早期打字机，并开始学习以比别人讲话更快的速度打字呢？

一个有关处于新技术世界中的女性的例子，是电话接线员的历史，它在政治方面显得特别有意思。在电话的早期发展时期，接线员的工作可不仅仅是在接线总机上连接各个线路。而跟电话工程师和维修工职位不同的是，担任电话接线员的往往是女性。

1988 年，卡洛琳·马尔文（Carolyn Marvin）出版了一本极具洞见和原创性的书，她在书中描绘了普罗大众和商贸社群对各种电气技术引入的反应，范围从电灯到电报和电话。[15] 这本《旧技如新》（*When Old Technologies Were New*）用历史证据表明了新技术的引入与社会关系变革之间的相互作用，它还阐明了我在前面提到的新技术狂热的想象力、夸张的期许和不

15 参见第二章注释6。

理智的恐惧之发展阶段。马尔文提供了丰富的关于人
们使用新电气技术，并通过使用而优化新技术的证据。
人们的这种参与是以不同方式实现的，但这里我想要
集中谈论在电话系统的使用和发展过程中，接线员扮 106
演了何种角色。

为了使电话技术稳定下来，人们需要为使用电话寻找合适的方式，也需要将这些方式建构为正常生活和商业工作中的一部分，而电话接线员正是连接这一新技术与社群的关键因素。需要强调的是，接线员并不是一种机械式或电子化的联结，他们是人类。电话接线员所在的接线中心主导了技术的发展，也促进了技术的运用。接线员想方设法让电话这一技术变得有用，他们所担任的角色在今天可能会被称为“产品研发工程师”。

在电话的早期发展阶段，电话接线总机同时也是电报站。例如在 1892 年，美国总统大选的结果正是通过接线总机传播出去的，在那儿，接线员不断将大选结果传达给电话用户。同样，电话用户也可以打电话到总机询问最新的运动会比赛结果。电话接线员能够接收和转播信息，他们也能与其他接线员取得联系。

实际上，在 1890 年，你已经能召开一次电话会议了。在 19 世纪和 20 世纪之交，电话提供了不只是双向的人际交流。一位运动赛场的记者可以通过电话描述一场重要的比赛，同时他也能通过电话听到正在大型合用线路上收听该比赛的人所发出的欢呼声和嘘声，合用线路正是为这种场合准备的。收听者数量众多，可能多达好几千人。事实上，一些大型事件就是通过电
107 话“广播”出去的。在巴黎，人们花上 5 生丁[16]就能通过电话收听半个小时巴黎歌剧院的歌剧表演，“就像真的一样”。

在这一阶段，各种各样的电话与电报传播技术应用被发展和测试，而接线员正是这一实验的中心参与者。在那个时代，人们无法想象不通过接线员就拨打电话，接线员的角色既是一位服务员，也是一位操作和解决问题的工程师。

一旦技术的进步和社会融合发展到令技术促进者满意的地步，一旦技术需要的基础设施被建设起来、其他路径被封死，技术便会开始移除自身与人类的关联。不久后，电话接线总站就被重新设计，并实现自

---

16 生丁 (centime)，法国货币的一种，100生丁合1法郎。——译者注

动化，接线员逐渐被更为复杂的装备所取代。同技术与人类之间的联系一起消失的，还有电话的社区式应用。今时今日，工程师们正忙着发明和贩售各种能够完成接线员工作的装置：我们在电话上安装了答录机和日程提醒设备，我们尝试在同一组织的不同设备间转移来电，我们已能直接安排电话会议。

现在，我们的电话机所能做到的大多是单向交流。我们也许可以接收到一通天气预报来电，但我们无法对这早就录好的声音询问："你确定吗？看起来要下雨了哦。"对于这种录音来电程序，最多也就是一对一的
交流，我们既不能参与他人的讨论，也不能在某人提 108
出一个妙点子时发出呼声。当然，有些时候电话中的一对一交流是重要甚至能救人一命的，许多大城市的急救热线一直处于忙碌状态便是一例。然而，电话技术也会带给我们一种对"电子化的互不往来"的拙劣模仿。我们来看看它是怎么打广告的——当然，是在电视上：

> 来城里最棒的两个地方遇见有趣、刺激的伙伴吧——交个朋友，谈场恋爱，寻欢作乐。

> 这就是“约会游戏”。听取私人征友广告，直接通过你的按键式电话接收和发送信息。请拨打 1-976-9595。想要参加派对？想要结识朋友，甚至遇见对的那个人？拨打“派对热线”吧，1-976-8585。约会游戏、派对热线，拨打一次仅需 3 美元，超过时间加收费用。

显然，这些热线在年轻人中很受欢迎——要说起来，应该是在比较富裕的年轻人中。我听说，许多年轻人拨打这些热线时，只听不说——甚至在“派对热线”也是如此，即便在那儿双方本是可以沟通的。这些 976 热线正是技术的真实世界的一部分。当人类对群体和温情的需求被技术设备满足时——使用者得到了幻象，提供商得到了利润——我们还能对这个社会说些什么？

我之所以认为电话这个特定的技术应用很令人不安，是因为作为解决人的孤独问题的设备，它实在具有欺骗性和不正当性。在友谊和人际关系方面花费时
109 间，精心维护，这是没有捷径可言的，任何承诺提供所谓捷径的东西都不正当。当人的孤独成了某些人通

过技术设备用来赚钱的资源，我们最好停下来想一想人类需求在技术真实世界中的位置；当技术终于开始容忍“人有人的用处”[17][诚如诺伯特·维纳（Norbert Wiener）于 1950 年所言]，我们那本应更为充实和精彩的人生到底去哪儿了呢？

我想再次强调，真实世界中的技术发展是多么频繁地贬损了人的维度。我想说说与早期的电话接线员相似的一群女性，她们在发展和测试一种新技术的过程中扮演了中心角色，但并未因此得到什么赏识和奖励。她们就是尝试建立起机械化办公室（电子化办公室的前身）的女员工和秘书们，同时也是“产品研发工程师”——她们为早期复印机、计算器、新开发的打字机和制表机等难以驾驭的发明探寻使用方法。正如伊莱恩·伯纳德（Elaine Bernard）在她的一篇关于打字机历史的文章中所描绘的，这些女性的工作通常是极具难度的。[18]

当高精度步枪的市场逐渐萎缩时，雷明顿父子（E.

17 Norbert Wiener, *The Human Use of Human Beings*, 2nd edition (New York: Anchor Press/Doubleday, 1954).

18 Elain Bernard, “Science, technology and progress: Lessons from the history of the typewrite,” *Canadian Women's Studies*, 5:4, 1984.

Remington and Sons）公司扩大了自己的经营业务，它开始研发打字机，而该公司彼时生产的打字机完全不适合解决使用者手边的工作。早期的打字机在拥塞的字锤和键盘方面存在问题，尤其是当敲击的字母在键盘上相隔很近而且相应的字锤间也相隔很近时，
110 一旦操作者开始迅速敲击，键盘按钮很可能在被按下去后无法及时回升，一下就乱套了。

于是雷明顿委任了一项关于敲击字母频率的相关性研究，由此设计师们就能知道哪个按钮被使用得最多。有了这样的信息作为基础，一种新型的键盘以及字锤安装方式被设计出来。现在键盘和字锤之间有了足够的物理空间，确保打字过程中能够连续敲击。这意味着你在打字上要花更多功夫了，但拥塞问题仅仅是作为一个技术问题来“解决”的。也就是说，是机械设计方面的考量而非减轻打字压力的考量，为这个世界带来了如此独特的键盘，以至于今天它仍被使用在所有的打字机和终端机上。键盘阻塞的问题已消失很久了，但一代代的打字员和键盘使用者仍然受困于雷明顿的这款键盘设计，即便更为便捷的键盘早就存在了。

上面提到的关于电话和打字机的历史故事，告诉了我们操作者在技术发展中的地位，以及它们在让技术运转过程中所扮演的重要角色。但这些故事也告诉我们，在该过程中，技术设计师会忽视操作者的需求。打字员们拿到手的可不只是一部笨拙的机器，他们和电话接线员一样，还遭遇到了一般性的工作区隔，这种区隔已经成为机械化和自动化进程中的一部分。随着技术进一步成熟并受到控制，女性就只剩下碎片化以及越来越无意义的工作了。

作为这篇演讲的结尾，请允许我读一首海伦·珀 111
特班克[19]的诗，来描绘这样一种情景：

又一个愚蠢的打字失误

打字的本质其实是
犯一些愚蠢的错误：
都是些细碎的活儿
和愚蠢的事儿。

19 海伦·珀特班克（Helen Potrebenko，1940— ），加拿大新左翼女作家，代表作有小说《计程车！》、诗集《骑车回家》等。——译者注我不想犯些蠢蠢的小失误；
我想犯重要的大错误。
哪怕只犯一个
足以让主管惊慌失措，
面色惨白几近昏厥，
然后飞跑到经理办公室。
经理也脸面灰沉，凝望窗外，
然后毅然拾起电话
请示正在打高尔夫的大老板。
大老板竟急匆匆地闯了进来，
经理关了办公室的门，
时间飞逝。
那些女人不说话
或者耳语，
她们也脸色惨白，但庆幸祸不在己。
为此甚至召开了紧急股东大会，
我们只能听信传言。
为了确保我不会在子公司或联营公司
偶然再获得工作，
他们只给了我两个选择，要么

买断 14 年的工龄，要么提前退休。 112
议会也为此提出质询，
首相大人对议院打包票
大多数打字员都只犯些愚蠢的打字错误
影响不了贸易平衡。
在（匿名）接受一次访谈时，
我对这事儿才有了开口的机会，
我谈论的是，打字失误对经济的影响。[20]

20 Helen Potrebenko, *Life, Love and Unions* (Vancouver: Lazara Publishers, 1987).

第六章

一个人很难把自己生活的时代想象成历史，也很难 113
想象未来的某人会怀着极大的兴趣对我们这个时代的工艺品仔细检查，就像我在检查古代文物一样。但这是会发生的，而我们的工艺品——与历史上各个时代的工艺品一样——将会反映我们的价值观和选择。

我想再一次强调，任何技术都不是上帝给予的。举个历史上的例子吧。我们需要注意，在技术的发展历程中，技术并不总是致力于建构一套有效的操作系统。随着社会的价值取向和优先议题发生变化，我们处理手边工作的方式也会跟着变化。我举的例子跟一处古代秘鲁冶炼场遗址里发现的炉渣有关。我的一位同事挖掘到一处大型遗址，其中发现了各种各样与冶
炼技术有关的工艺品，有矿石和炉渣，也有工具和熔 114
炉的残余部分。某天他登门拜访我，向我展示了从这处遗址挖出来的炉渣。当我们在显微镜下观察这些炉渣时，我意识到它们跟我之前看到过的其他铜炉渣——无论是古罗马或古代中国的，还是欧洲或中东的——不一样。（有人或许会认为，说起铜炉渣，只要看过一种，其他的也就不用看了。）起初，我甚至完全不相信我们看到的是炉渣——我还记得自己说

“这才不是炉渣，这是狗的早餐”。

最终，这些渣滓的身份讲得通了，因为其他社会曾存在的同样的熔炼过程也被发现。在古代秘鲁，大多数普通人都须“缴纳”劳力税，亦即他们必须腾出时间为国家或地方聚落的农业或其他规划工作。[1] 普通人对这些工作并非手到擒来，也不具备特殊的技艺。但如炉渣所表明的，炼铜正是在这样的情形下进行的。当时存在许多小型熔炉，它们甚至不会比汤锅大，在这些小熔炉中，混合放入恰当比例的矿石和木炭，然后加热，这一切都靠非技术工人完成。小熔炉慢慢冷却，然后被打碎——里面的东西看起来确实有点像狗粮。接下来，运用水和烧制技术，炉渣和铜的混合物将会进一步被分离。这种冶炼过程完全可以由非技术工人卓有效率地完成，只有到了对再次被发现的铜进行重熔和将其铸成合金时，精炼技工，也就是“专家”，才会登场。

这样一种工作进程根本不会发生在我们身
115 上——也不会发生在古罗马人身上——但它在古代秘

1 John Murra, *The Economic Organization of the Inca State* (Greenwick, CT: JAI Press, 1980). 关于这一语境以及这种设置的具体含义的更多信息，可参见例如Sally Falk Moore, *Power and Property in Inca Peru* (New York: Columbia University Press, 1958)。

鲁的语境中，却是如此得宜。

诚然，历史不会为学得慢的人重新开始，我们不是古代秘鲁人。但我引用这一历史事例是为了扩大我们的论述以及我们的社会想象。技术，并不是预先注定的。我们可以做出决定，比如我认为，我们没有任何理由不让自己的技术更具参与性，少一些专家驱动。

于是，在这篇演讲中我试图集中精力来谈谈关于变革的思考。首先，我想来复习一下我在前面提到过的一些概念，由此总结我对技术真实世界进行探索的流变过程。我也想谈谈，如果要让技术的真实世界成为全球宜居的生存之所，我们需要做些什么。最后，我想为这一十分紧急又可行的发展方向提出一些实施步骤。然而，请不要期待能从我这儿得到一张蓝图，来治愈其他蓝图的失误。从我这些演讲中，你们应该已经明白，不是一两个具体计划的细节存在问题，而是这些所谓蓝图、指导和规划在本质上出现了问题。

时间不允许我论及伊利亚·普里高津（Ilya Prigogine）及其同僚的著作[2]，我也来不及向你们介绍C.

2 Ilya Prigogine and Isabelle Stengers, *Order Out of Chaos: Man's New Dialogue with Nature* (Boulder, CO: New Science Library, 1984).

S. 霍林（C. S. Holling）对生命系统之改变与生态系统之管理的应答所体现出的思想。[3]但我在这些学者的贡献中看到了一些新的、对我们有所助益的非蓝图式概念，这些概念或许会帮助我们对技术建造的、我们都居于其中的这所“房子”做出一些建设性的修正。[4]

116 在展开这场讨论时，我提到作为实践的技术，这一点允许我将技术与文化连接起来——后者被定义为普遍共享的价值和实践。在工作过程中，当工作者控制了整个进程，这种行事的方式便是“整体性的”；行事的方式还可以是“规范性的”，当无论何种工作被划分为不同的具体步骤，每一个步骤由不同的个体完成。这种对劳动分工具有很长的历史，而且不依赖于机器的使用；它是一个重要的社会发明，最先运用于工作场合之中。

---

3 C. S. Holling, “Perceiving and managing the complexity of ecological systems,” in *The Science and Praxis of Complexity*；发表于1984年5月9—11日在法国蒙彼利埃召开的研讨会上（Tokyo: United Nations University, 1985）。

4 Marcus G. Raskin and Herbert J. Berstein, *New Ways of Knowing: The Sciences, Society, and Reconstructive Knowledge* (Totawa, NJ: Rowman & Littlefield, 1987); Sandra Harding and Merril Hintikka, *Discovering Reality: Feminist Perspectives on Epistemology, Metaphysics, Methodology, and Philosophy of Science* (Boston: D. Reidel, 1983).

那些讨论了官僚主义之崛起的作家，往往忽略了对工作场合的结构进行检查。[5]人们对所谓“指示”的依附，以及对外部控制与管理的接受，带来了一种服从文化的渗透，而正是这种文化渗透使官僚主义成为可能。理解规范性技术之本质与劳动分工之影响是十分重要的，在此基础上人们才会对技术传播之速度和力量持肯定态度。在前面的演讲中，我还介绍了生长模式与生产模式的概念，此二者的组合成为技术相关讨论与决策的基础。另外，我们讨论了科学所带来的技术与经验的分离，在这之后，专家崛起，而普通人失去了对自身直接经验的信任。

我们观察了所谓的传播技术，以及它们如何彻底
改变人们对现实的看法。在很短的历史内，这些技术 117
又影响了人们对空间和时间的认知，并将人们引向一

5 参见例如Etienne Balazs, *Chinese Civilization and Bureaucracy*, translated by H. M. Wright (New Haven, CT: Yale University Press, 1964); Alberto Guerreiro Ramos, *The Science of Organization: A Reconceptualization of the Wealth of Nations* (Toronto: University of Toronto Press, 1981)。受限于演讲的范畴，我没有时间谈论马克斯·韦伯对“合理化”的思考，但韦伯的思考是后来许多关于这一议题的辩论之基础，关于这一方面，大家可以参考比如Hans Gerth and C. Wright Mills, eds., *From Max Weber: Essays in Sociology* (Oxford: Oxford University Press, 1946)。

种全新的“伪现实”和“伪社群”。我还强调了“互惠性”的概念，并指出现代技术往往是被设计出来阻止“互惠性”的实现的，在这样一种情形里，人们既不能对某事做出回应，也无法接收别人对该事的回应。“互惠性”的缺失，令许多传播技术转变为非传播技术。

工业革命之后，政府在促进和支持技术发展中扮演的角色发生了很大的变化，它们开始公开资助从铁路到配电网再到财政和税务架构等基础设施的建设。政府大规模地支持技术发展系统的运行，没了政府，电话、汽车、计算机这样的发明是不会出现，更不会为人所接受的。

在这个关键点上，我强调了可分割收益与不可分割收益、可分割成本与不可分割成本之间的区别，并指出政府在持续提供技术支持架构的同时，忘记了自身的传统权限，即将“普罗大众”当作一种不可分割收益来保护。我在前面也讨论了得到公共资助的基础设施是多么频繁地被用作通往可分割收益的道路，以及用于增加私人与企业的收益。与此同时，那些我们共有的东西（那些作为不可分割的人类利益之资源）——比如清洁的空气、未被污染的水以及自然资源——却越来越不为权力机构所保卫。

随着规范性技术在当今世界占据主导地位——技 118
术已然像一种强大的军事力量一样占领了一切——规划成为主要的政策工具。基本上，政府规划也好，企业规划也罢，无甚区别。最重要的是，我们必须明白，规划者和被规划者是同时存在的，也就是说，既有那些发展规划的人，也有那些不得不遵照规划行事的人。

同样重要的是，我们应该明确在原则上存在两种不同的规划策略：有使收益最大化的规划策略，也有使祸患最小化的规划策略。关于后一种策略我举了两个公共规划方面的例子，一个是对麦肯齐山谷管道修建的质询[6]，另一个是加拿大国家科学理事会的课题研究《作为节能社会的加拿大》[7]，为的是不仅从理论上，而且在实践上向大家说明，通过规划减小灾祸是完全可能的。

在讲完两种规划策略之区别后，我认为有必要强调“环境”的概念其实包括两个彼此分离的部分。其中一个指的是人为建构的环境，它完全是技术的产物；

6　参见第四章注释10。

7　参见第四章注释11。

另一个则是自然，它并非技术之产物。我恳求，我们应该摆脱以自我为中心和以技术为中心的思维，不再将自然视作与其他基础设施一样，可被调整和使用。我还说到，如果只能满足我的一个愿望，我会许愿加拿大政府能够像对待美国那样对待自然——给予它最大程度的尊重，并视之为超级强权。当政治行动的建
119 议被摆在加拿大政府的面前时，无论何时，它首先考虑的问题似乎都是“美国人会怎么想”，我真希望我们能把自然也看作一个独立的力量，并在规划时问道：“自然会怎么想呢？”

最后，我试着向大家展示了一些技术被引入社会的普遍模式。我们聊了汽车，以及汽车发展的三个不同时代；也聊了计算机、工业化食物和缝纫机。我提到，技术被引入社会的第一个阶段所允诺的解放人类的目标不会实现，这是一件稀松平常的事情，而当这种新技术被人广泛接受了以后，一种复杂的机制会使其从人类手中获得独立权。

鉴于以上论述，我们或许可以并不充分地认为，技术的真实世界万事皆衰。为了发展技术而支出的社会、经济和人力代价人尽皆知，报纸、杂志、收音

机、电视和越来越多的书籍都在讨论这些。至少在过去的 20 年间，关于现代技术带来的问题的阐述连绵不绝。我想再次提及弗里茨·舒马赫，1977 年 9 月，他在瑞士举办的一次会议上发表了题为“民主社会的技术”（Technology for a Democratic Society）的演讲报告，第二天他就因突发心脏病而过世。[8]舒马赫的演讲包含了一个想要纠正现代技术的滥用及其非人性之处的人所需要知道的大部分东西（如果不是全部的话）。他强调了语境，毕竟他所说的技术的恰当性，正是建立在以语境为中心的认知之上的。[9]在演讲中，舒 120
马赫用自己的名字玩了文字游戏，即称自己为“鞋匠”（shoemaker）。他提醒听众，一个好鞋匠不仅需要知道怎么做鞋子，还必须考虑人的脚，思考它们如何彼此相异，因为毕竟最后鞋子是要合脚的。尽管，舒马赫

8 E. F. Schumacher, “Technology for a democratic society,” included in George McRobie, *Small Is Possible* (London: Jonathan Cape, 1981).

9 David Dickson, *Alternative Technologies and the Politics of Technical Change* (London: Fontana/Collins, 1974); Karl Hess, *Community Technology* (New York: Harper & Row, 1979); E. F. Schumacher, *Good Work* (New York: Harper & Row, 1979); Arnold Pacey, *The Culture of Technology* (Oxford: Blackwell, 1983).

最后一次演讲所忧虑的其实是技术作为“一种形塑社会的力量，而且放在今天，这种形塑的力量让‘真正的人’（real people）越来越少”。

所以，看起来似乎在至少 20 年以前，就已经有了对全球技术以固有模式扩张表达质疑的例子，而且如此令人信服，看起来如此急迫。（在这 20 年间，越来越强有力的论证相继出现。）然而，同样是在这 20 年间，技术发展的大方向并未改变，而技术沿着这条线不断累积，导致了更多的、更大的不可逆的问题。

于是我们必须问：“为什么没有实质性的措施？”或者我们可以把问题掉个头：“我们怎样才能开始真正的改变？”我想告诉你们的是，技术的危机实际上就是治理的危机。我之所以说治理而非政府管理，是因为我认为这场危机比随便哪个政府的政策危机要深刻得多，更别说这些政府的能力本身就参差不齐。我认为，真正的危机可以用你们的这些问句概括出来：“在技术的真实世界中，政府的职责到底是什么？我们选举出政府并纳税使其运转，到底是为了完成哪些工作？除开耍嘴皮子，我们到底想要政府做些什么？”
121 在一个技术改变了所有实践和关系的世界中，政府的实践以及治理者与被治理者之间的关系肯定也会受到影响，如果我们没有考虑这一点，那实在是太愚蠢了。孩子们在学校里被教导，所谓民主，就是人民为自己做主；然而在今时今日的加拿大，那些深刻影响我们生活的决策并不是由众议院决定的，也不是经由选举出来的官员通过公开辩论得出的结果。事实上，我认为我们已经失去了对人民负责和承担相应义务的政府体制。我们现在拥有的不过是一群经理，他们管理这个国家，使之对技术而言更加安全。

由是，我们需要改变或革新政府体制，令其对人民负责，并承担相应的义务，把人民当作人来对待。我们该怎么做到这一点呢？不能依靠什么伟大的领袖或在某个地方做木工出身的古鲁[10]，我很害怕你们会把我这一番话理解为通往法西斯主义的。但我们需要做的真的不是听从高层下达的一纸命令，而是依靠底层运动带来的无可避免的后果。

一直以来，我都赞同富兰克林的、我称之为社会变革蚯蚓理论的观点。社会变革不会像高山雪崩那样倾倒着到来，它只会在准备好的土壤中像种子那样逐

10　古鲁（guru），印度教对宗师或领袖的称呼。——译者注

渐发芽、长大——而且正是我们，就像蚯蚓那样，将土壤准备好。我们还会播撒思想、知识和关心的种子；而且我们意识到，土壤到底长出什么是得不到保证的，但必须明确，没了种子和准备好的土壤，什么都不会
122 长出来。我确信，我们已经处于一个底层运动越来越有可能发生的时期，但在这之前我们需要做更多的“掘土工作”。

那么，我们该怎么做呢？首先，我们有必要迈过科技在“互惠性”和“人际联系”上设置的障碍。我之所以在非传播技术以及互惠性概念上花这么多时间，是因为我们必须明白技术在多大程度上限制了人们的沟通。人们已经很少在定期的、非技术性的不规则项目中一起工作，因为这样，人们不得不花费时间创造出场合——可能在公交车上，也可能在休息室里——不是用来谈论天气，而是讨论我们“共同的未来”。

我们又该怎么彼此交流呢？从女性运动——从女性聚集起来谈论自身地位的方式，从女性在历史上、政治上和经济上受到的压迫——中我们可以学到很多东西。让我们从一种原则性立场以及对正义发展出一种新鲜感做起。许多需要得到强调的问题最好被当作

正义问题来强调。它可以通过考虑简单而日常的事物而得到强调。你可以看看一份北美报纸的尺寸大小，比如看看《多伦多星报》(*Toronto Star*)，对我而言它的尺寸大小事关正义。我们应该质问："到底是谁给了人们砍伐树木、摧毁栖息地的权利？人们这么做仅仅是为了多两页汽车报纸广告。"在一个汽车不断增加的世界，这样的做法是不可饶恕的。欧洲的报纸尺寸较小，但欧洲人仍在卖车，放大明显的事实是没有必要的。或者人们会问："那又是谁给了出版方权 123
利，让他们把报纸塞到每个人的塑料袋里，给已经难以处理的浪费问题雪上加霜？又是谁给了那些大型办公楼的户主权利，让他们在空无一人的办公室里忘记关灯、浪费电力？" 这些问题不关乎经济，它们关乎正义——而且我们必须要这样来强调它们。

你看，如果有人抢劫了商店，那他就是犯了法，国家会做好准备将他缉拿归案；但如果有人从普罗大众以及未来那儿偷了东西，国家会视之为企业行为，会欢呼雀跃，给他们点儿税务特权，而不是逮捕他们。我们真的急需对正义和公正概念进行扩展，将对未来的抵押也考虑进来。托马斯·伯格把他的质询视作对自然环境的一种介入，但这是很少见的情形。在技术性的思虑中，无权无势者的声音是很难被重视的；家庭单位中“削减一方面的开支，选择另一方面”的实践是无法在公民社会中找到对等模式的，要不然今时今日的印第安人保留地怎么会存在。

你或许会说，做出这样的改变，需要为决策提供一种真正与以往不同的正义和公正概念，而这是很难实现的。你也许还会说，技术体系在我们的政治和社会环境中是如此根深蒂固，很难发生这么彻底的改变。我绝不接受这种说法，历史并不缺乏深刻的巨变。奴
124 隶制和童工都被废除了，女性的地位也发生了急遽变化。我认为，这些改变之所以发生，是因为当大众对正义和公正的感知被冒犯——比如，将人当作附属品或者剥削儿童、女性和少数族裔——一个改变的时间节点自然就会到来。对那些认为奴隶制之所以被废除是因为该制度不再被经济所需，女性解放是因为工厂需要她们的人，我只想说：“留神。”我认为，这些事件的序列很可能是不同的。在对原则提出异议的基础上，当一个已经确立的社会实践越来越不为人所接受，这时——或许也只有在这时——另一种社会实践方式

才会被发现。从那时起，人们需要做的工作将以异于以往的实践方式完成，也就是以人们更能接受的方式完成。

我坚定地相信，当我们发现技术真实世界中的可质疑之处时，我们应该依照原则，依照正义、公正和平等对其提出异议。我们最好能从原则上来表达自己对问题的担忧，而不是试着强调实用主义的解释。比如，反对的实践同样可能是低效的、不适宜的，或者具有污染性的。[11] 如果我们只是在实用主义层面强调人们的选择，很可能会将特定技术立场底下的价值判断隐藏起来。

今天，技术价值已然灌满了大众的意识，“有效的才是正确的”这一观念已深入人心；与此相对，当人们认为某件事是错误的时，他们往往是批评某种实践是低效的或者反生产的（后者自身就是一个意味深 125
长的概念）。我在此极力鼓动的社会语境，是那种会从技术性思维中跳脱出来，在全球范围内关注正义、

11 关于这几行内容的讨论，参见例如Gregory Baum and Duncan Cameron, *Ethics and Economics* (Toronto: Lorimer, 1984); Daniel Drache and Duncan Cameron, *The Other Macdonald Report* (Toronto: Lorimer, 1985)。

公正和平等的语境。一旦我们在原则基础上对技术性实践提出质疑，而且有必要的话，直接进行抵制，那么行应行之事的新方式便会逐步发展出来。

对你们而言，我所说的话可能更像是空话，但它们是真实且极具实践性的。技术的世界就是人们所行之事的总集，对它的拯救只可能从改变人们所行之事——无论是个人的还是集体的——或者避免人们做出某事开始。

让人们做选择的场合确实出现了，我基于自身研究而做出的选择或许可以给大家提供一个参考。在我的学术生涯中，我拒绝参与同原子能有关的研究项目，因为我认为这一技术是“不恕人”亦“难为人所恕”的。同事建议我还是可以参与核废料处理相关的研究，而我的回答是既肯定又否定的。我一直都这么说，一旦加拿大决定终止核反应堆的建造——正如瑞典所做的那样——并逐步淘汰已有的核反应堆，我会很高兴地贡献出我所知道的一切来帮助处理核废料。然而，在实现这一点之前，任何有效的核废料处理方式都是对产出*更多的*核废料的鼓励。我不想参与此事。

我们大多数人都会做出决定，而且对于如何以及为

何会做出这些决定，我们需要彼此沟通，这是我们参与的讨论中很重要的一部分。这一讨论必须是政治性的，正 126
如女性主义者所言，“个人的就是政治的”；这一讨论还必须是真实的，我们必须给予直接经验和互惠性交流以优先权重，而不是看重传闻和二手信息。故此，这一对话应该在那些深受技术影响的人身上发生。

留心讨论中的语言很重要。当我们用语言来表述价值取向和优先议题的时候，我们能把很难懂的事情弄清楚。无论什么时候有人跟你谈论某个项目的利润与成本，记得不要反问：“有什么利润？”而应该问：“是**谁的**利润，又是**谁的**成本？”有时，这一问句能帮助我们从技术的接收端来重新表述这种观察。当冷水工程领域的同事跟我谈起“有冰海区”（ice-infested waters），我脑海中浮现的却是“有钻机的海区”（rig-infested waters）。语言真是一个不错的关于价值取向和优先议题的指标，所以我们需要格外留心。

然而，除了语言，议论将集中于行动，包括个人的行动与集体的行动。在这点上，我想给大家举两个例子，它们本是相对较小的变革，但在不同的关于义务与互惠性的解释下，变成了规范共识。

让我先讲述一下背景。我家曾有一位邻居，他是多伦多公共交通委员会的主席，每天早上都会有一辆专人驾驶的豪华轿车接他到委员会的总部，其实总部就在往北几个街区的位置。我当时强烈地感觉到这种安排很不恰当，那些监督和指导城市公共交通的人自
127 然应该在工作日乘坐公共交通，为什么不在他们的职位描述或雇用合同中增加这一个条款呢？虽然对那位主席来说，乘坐公共交通上班会比坐专人豪华轿车花费多一点的时间，但这些时间是学习与接受反馈的珍贵机会。

要求某职位的应征者使用他或她需要管理的设施，这样一种紧贴职位的约束条件似乎与其他一些基本的职位要求无甚区别，比如要懂客户所说的语言，同意出差，或者不在工作场合吸烟。有些人的工作能对大众生活产生巨大影响，让这些人切身经历一下这种影响根本不算什么很高的要求。这其实就好比让他们说“人民的话”，而不是说法语、克里语或西班牙语。

出于同样的原因，我认为那些从给大学食堂提供食物中牟利的人应该被场地租约和工作合同约束，每天都食用自己供给食堂的饭菜。

这两个例子中所说的工作合同与职位描述的变革，是不用把国家置于濒临破产或内战的地步就能做到的事。做出变革，只需要对政治意志施加公共压力，无论是现在还是未来，令其在使用技术（公共交通、工业化的食品生产，或者任何其他技术）时考虑人民的利益[12]。

让我们把视线从专业领域转到一般情况，我们可以为公共决策的讨论列一张备忘清单。任何公共项目或公共贷款是否顾及以下几点，都是我们应该过问的：（1）促进正义；（2）修复互惠性；（3）协商可划分与不可划分的收益；（4）考虑人民的利益多过机器的利益；（5）其策略是扩大收益还是减小祸患；（6）节约 128
多过浪费；（7）可逆行动多过不可逆行动。最后一条显然很重要。考虑到大多数项目都不会如同计划好的那样运行，若它们能用允许修正和学习的机会存在的

12 Ursula M. Franklin, "New approaches to understanding technology," in *Proceedings of the International Seminar on Technology, Innovation and Social Change* (Ottawa: Carlton University Press, 1984; reprinted in Man-Environment Systems 16:2/3, 1986); W. H. Vanderburg, "Political imagination in a technological age" in *Democratic Theory and Technological Society*, R. B. Day, Ronald Beiner, and Joseph Masciulli, eds. (Armonk, NY: M. E. Sharpe, 1988).

方式运行，亦即分成一些可逆的小步骤，也算是帮了我们大忙。

将公共讨论中的一部分内容列成一张清单，当需要时，不断扩大这张单子，这对于澄清和解决技术问题、公民问题都会起到很大的帮助。然而，在技术的真实世界中同样存在不知该如何解决的情况。亨利·雷吉尔（Henry Regier，多伦多大学环境研究所前所长）就曾指出，随着每一次的发展，无知的新领域也会被开发出来，但只有在规划进行过程中人们才会发现自己的这种无知。[13] 无知的新领域之出现几乎是不可避免的，一些技术进程带来的副作用至今仍不为人所知，尚处于研究之中。但是无知领域的存在本身是可以预测出来的，这意味着当我们进入未知以及不可知领域时，应该谨小慎微地前进。与此同时，我们必须有充足的研究资源，以不断缩小这些无知领域的范围和深度。从个人角度来讲，我认为我们马上就要面对一个巨大的无知领域，那就是基于生物组织的非电离电磁

---

13 Henry A. Regier, "Will we ever get ahead of the problem?" in *Aquatic Toxicology and Water Quality Management*, J. A. Nriagu, ed. (New York: John Wiley, 1989).

辐射的影响。该领域无须既宽且深，而只需在增加电 129
磁辐射频率的同时，做出包含充足研究在内的长期项目规划。[14]

除了在公共领域内缺少研究会影响我们在某些领域内的无知程度，对直接经验——那些始终工作在电子显示屏前面的人，以及那些生活在高压变压线之下的人所拥有的直观经验——的轻视也会带来这样的影响。这些人的经验不一定有人们期望从实验室研究项目中得到的经验那般明确和果断，但这些最初的直接经验的确是一个重要的信息源。排斥和抛弃这样的直接证据，会在减少无知领域的工作中移除一个重要的知识源泉。

然而，更可能出现的情况是，整个技术体系会让人们的直接经验被忽视或者看起来牛头不对马嘴，这样一来人们就无法挑战技术的权威了。这种对公民权利的剥夺自工业革命以来便加快了进度，因为政府开始将自己的注意力放到技术及其增长之上，甚至不惜损害它本应做到的其他义务。

14 参见例如Paul Brodeur, *Currents of Death* (New York: Simon and Schuster, 1989)。

想要调整这样的工作，就必须重新将“人”引入技术决策进程之中。我们必须要在各个层面展开行动，
130 包括对政府支持过于夸张的技术——比如原子能、天然气和石油大型项目，或者太空作业——的行为说不。

除此之外，作为一个国家，我们需要集中注意力发展**救赎式**技术（**redemptive technologies**），有些救赎式技术早已存在；其他技术可从另外的根源处发展开来。在前面提到的第一个例子中，已存在技术的规模及其应用的合宜性，是需要被检测的。那些开始时很有用的规范性技术经常会被应用到不合宜的工作中，好比生产模式及相关技术被应用到教育领域。又或者，某些技术的规模会成为其可能出现的问题之根源，好比我们经常能在农业领域看到的那样。[15]

救赎式技术从对已存在技术的某些让人不可接受的实践的分析中兴起，其本身也应该接受合宜性的评估——例如我在前面列出的清单。我们还需要开发技术联结的新方法，以使不同技术实现合作，而不是依靠规模达至集中化和压迫性。

---

15 Brewster Kneen, *From Hand to Mouth: Understanding the Food System* (Toronto: NC Press,1989).

一些救赎式技术能够利用已存在的技术知识，改变其结构，用以解决已经改变了的工作。比如，我希望当核力量在全世界范围内都不被接受时，核工业能够提供专家队伍安全地拆除世界各地的核反应装置，由此加拿大核工业的技术专业知识也算是被拯救了。

同样的，在防治污染的过程中也需要救赎式技术。这意味着重新设计工业进程，减少污染，调节各种需求。这些工作已开始进行，且卓有成效。如果想看一 131
些实际的事例，可以参考卢安武（Amory Lovins）的著作《成本最低的能源》(*Least-Cost Energy*)。[16]

另一种类型的救赎式技术诞生自对**确实**能运转的事物之研究。我一直惊讶于有那么多资源都留给了错误运行的事物；与此同时，很少有资源会用以记录和分析那些运行良好的进程和机制——有时甚至不是因为这些进程和机制所在体系限制了它们，而是即便有这样一个体系，也无法使它们得到资源。

针对运行良好的活动和安排之研究，是要针对特定语境的，大多数情况下是在微观层面展开的。从

---

16 Amory Lovins et al., *Least Cost Energy: Solving the CO2 Problem*, 2nd ed. (Snowmass, CO: Rocky Mountain Institute, 1989).

这些调查中，我们能够得到关于何者才是努力得以获得回报的必备要素——通常是带有特定天赋的个人——的相关知识，而新的救赎式技术会从这些研究中兴起。当舒马赫提到“好工作”时，他实际是在支持这种技术。

第三种救赎式技术的群落是直接从处于技术接收端的人们的需求和经验里兴起的。这些救赎式技术可被称为尚未被满足的需求——比如个人对健康与环境相关参数的调整，接触与个人相关的信息之简便途径，以及保护个人隐私免受社会谣言和劝诫影响的低成本方法。这些需求构成了“自下向上的技术”，伊凡·伊里奇就在他的文章《人民研究》(“Research by People”)中提到了这样一种获取新知识的途径，那些谈论“科学与解放”的人们也提到了这种途径。[17]

这种自下向上的技术会把互惠的机会吸纳进来，
132 也囊括开启了比如物理的、环境的或体制健康的难题的各项指标。我们将拥有新的、透明的记录与评价

17 Ivan Illich, “Research by peoples,” in *Shadow Work*; R. Arditti, P. Brennan, and S. Caviak, eds., *Science and Liberation* (Montreal: Black Rose Books, 1980).

方法，甚至更多的东西。

我仅举一个普通的例子来说明尚未被满足的需求：会计与账务领域是急需救赎式技术的。为了做出对社会负责的决策，一个群体需要三个账套（sets of books）。一个是通常的纯经济上的账簿，但必须有针对存款的清晰可辨的记录专栏；第二个账簿跟技术对人和社会的影响相关，如同第一个账簿忠实记录人们在财务上的盈亏一般，这第二个账簿忠于事实地汇编人们和整个社群的盈亏；第三个账簿记录的则是环境账目，在这本账簿中，自然的健康与生存能力的盈亏将被一笔一画地记录在案，同样被记录的还有人造环境。

要做出扩张、缩减或改变技术真实世界特定活动的决定，必须同时满足上面提到的三个账套。无须赘言，针对社会和环境账簿，尚不存在充足的技术条件，我们应将发展和执行这些技术看作研究救赎式技术的重要部分。

最后，对救赎式技术的发展与使用应该成为形塑技术真实世界的新社会契约的一部分，这一契约能够帮助我们克服目前技术对人之权利的剥夺。新社会
契约应该让人们依据一种由自然和管理者共同展示出 133

来的工作职能，来决定自己是否同意被管理、被调节和缴税。

我想通过扩展一个在“英国和平运动”[18]中使用的短语，来结束这篇演讲。在英国抗议者奋力抵抗巡航导弹和潘兴导弹部署于英国国土的过程中，他们要求公民同胞“抗议和幸存”。我想扩大一下他们所用的词汇，“我们应该**理解**，并且在共同理解的基础上，进行**抗议**”。我们必须抗议，直到技术真实世界的结构和实践发生变革为止，那时我们才能期望作为一个全球性的群体而幸存下来。

如果这种基本的变革无法完成，技术所搭建的那所房屋将一无是处，不过是个人类无法生存的技术垃圾场。

18 英国和平运动(British Peace Movement)，20世纪七八十年代发生在英国乃至整个西欧的人民争取和平的社会运动，其内容以反对超级大国核军备竞赛为中心。——译者注

第七章

1999 年，我重访了技术搭建起来的那所房子，但 134
我发现自己很难挑选出过去这十年间改变得最为剧烈的特征。彼时我观察到的大多数东西——规范性技术对整体性技术的压倒性胜利，服从文化的增长以及它对公民社会的影响——仍然十分显著。然而说起“行事的方式”，新的电子技术给社会对时间和空间的感知，以及作为公民的我们相互之间的联系，带来了极为深重的影响。这就是为什么我选择在这些新添加的章节中着重讲述传播议题、时间与空间感知，以及人们的相互协作。

在开始谈论我对传播技术的感受之前，请让我简单地说说一系列相关定义，我希望通过厘清这些定义，接下来对现代技术影响的讨论会变得更加明晰。 135

我使用的“传播”概念，基本上指的是信息从发送者（sender）传递到接收者（receiver）：其基础过程是直接且无中介的，一般是一对一传递，诸如“我爱你”“你还欠我 10 块”等类型的信息传递，它们都可以用下面这个图示表现出来，即 s → r。当然，一个发送者给一大群接收者发送一条口头信息的情况也是存在的，比如一次布道、一场演讲或者一次公告，图示为：s → R。

一条信息同样也可以由一大群发送者发给一个接收者，比如本丢·彼拉多面前的人群对他大喊“巴拉巴”（Barabbas）[1]，或者一群游行示威者齐声同唱“不，不，我们不会离开”。这种例子的图示是 S → r。

以上例子表明，传播模式始终是直接、即时和共时的，在整个传播过程中，参与者始终处于同一个地点。

对 s → r 这种模式的第一次扩展是随着信使（messenger）的引入而发生的。随着发送者将信息委托给一个中间人，传播的范围在时间上和空间上都扩大了。尽管信使的实际在场将发送者和接收者连接到了一起，但信息的完整程度如今完全靠信使的可信度来保障，否则信息将变成八卦。该过程图示为：s → m → r。

“书写”作为一种技术，其带来的深刻影响在于这样一种事实：书写使得信息与信使或发送者之间有了物理性的区隔。当汉谟拉比制定巴比伦的法典，或

1 本丢·彼拉多（Pontius Pilate），罗马帝国犹太行省的执政官（26—36年）；巴拉巴（Barabbas），《圣经·新约》记载的一名强盗。彼拉多曾将巴拉巴与耶稣一同带到犹太群众前，询问他们二者中释放哪一位。结果群众选择让巴拉巴获释，耶稣则被判处死刑。——译者注

者摩西颁布“十诫”之时，“文书”成了一种可以超 136
越书写者 / 发送者并能被传送至远方的信息。

除了考虑到书写对保护文化、风俗和思想方面带来的影响外，还有另一个面向的影响值得一提，那就是书写与正统和基要主义之间可能存在的关系。我是这样来理解它们之间的关联的：

让我们先来区分一下那些依靠书写传播其道德和宗教价值的文化，比如“圣书民族”——犹太教、基督教和伊斯兰教的追随者，以及那些将自身最重要的社会、宗教和宇宙知识托付给长老和牧师的文化。口头传统社会无法像书写文化社会那样，将律法和价值的传播与解释编纂起来。的确，只有当文字或文书所传承的信念本身不分语境地具有权威性时，严格追随律法文字才会成为可能。我认为，由此可能产生一种基要主义的根源，某些传统会警告不要过度信赖“文字”。1656 年，贵格会（Quaker）长老们在一份《使徒书》的最后用这样的话语进行总结：“……圣灵之下，诸事皆完满；文字不可达，皆因文字屠戮，而圣灵赐生。”[2]

2 “Christian faith and practice in the experience of the Religious Society of Frends,” London Yearly Meeting of the Religious Society of Frends (Quakers) 1960.

当书写被看作一种新技术、一种新的行事方式之时，它便在时间和物理空间上扩展了传播的范围。这就是为什么我们能知道这么多关于过往文明的知识，并深受它们的影响；这些文明将其思想与阐释付诸书
137 写，而那些不这么做的文明则无法流传。我并不是说历史文书一定是在叙述真理，甚或是在按照发送者所设想的那样传送信息；但是，凡有历史文书存在的地方，这些古代文本就极具权威性，通常是该地出土文物中唯一具有彰显美德功能的文物。

然而，自书写诞生之日起，人们就开始尝试维护书写传播形式的可靠性。印章密封或签名保障，对作者身份或材料来源的详细确认——这些附加手段都是为了确保信息的完整有效。手写的形式似乎扩展了接收者的范围而缩小了发送者的范围，直到印刷技术以及相应的读写能力的出现，才使发送者和接收者的范围统统扩大了。从接收者的角度来看，举例来说，这导致了更大规模的技术和科学知识的扩散。[3] 新出现的印刷机能够印刷小册子和大幅报纸，用以传播发送者

3 Stillman Drake, *Mechanics in Sixteenth-Century Italy* (Madison: University of Wisconsin Press, 1969).

想要表达的观点和评论，发送者意图用这些观点和评论变革现有的社会结构。克里斯托弗·希尔（Christopher Hill）的《颠倒的世界》（*The World Turned Upside Down*）就记录了16、17世纪英格兰所发生的社会运动，若是没有印刷技术，这些运动是不会发生的。[4]

由于发送者和接收者的范围扩大，信息的种类也变得更多了，同样增长的还有进一步鉴定、核实与归类信息的需求。这一工作开始要求对发送者和/或写作者进行身份鉴别，也要求对信息内容的准确度有所保证。说起传播，信息从发送者传送到接收者的渠道——我会称之为“导管”——成为鉴定过程中的一 138
个极有影响力的因素。出版者的出版许可、编辑与编者的身份地位和名望，在他们的同代人看来成为一个文本的可容忍度和政治或道德推力的象征。故此，信息的内容和意图将由出版者的名望来评估，而“导管”的属性则标志了信息的特征。这一趋势令信息的发送者和散布者开始确立自身的行为动机和社会地位。（比如，16、17世纪的英国贵格会信徒就管自己

---

4 Christopher Hill, *The World Turned Upside Down* (London: Penguin, 1975).

叫“真理的出版人”。）

通过书本、小册子、宣传单和报纸，传播活动急速成为公共生活的一部分。这些传播活动差不多能被视为来自可辨识的发送者，但我们已经无法清楚地确认其接收者的身份了，我们甚至无法确认传达的信息是不是完整可信的。的确，许多这种类型的传播会被视为信息寻找接收者的过程。与传播有关的社会发明，比如出版许可、作者介绍、背景资料、引用和脚注，应该被理解为帮助接收者评估自己接收到的信息之手段。同样，图书馆和档案馆的增加使对比和交叉引用成为可能和必要的。这些传播的次级渠道只是前电子传播时代人们所做出的传播努力的一部分，它们是书
139 写和印刷技术增长与扩散的结果。有了这些帮助，信息接收者和印刷传播的使用者能够学会“在字里行间阅读”。

电气和电子技术的使用大幅度改变了传播的本质。正如我们在第二章讨论的，这些变革都是在过去的150年间发生的，而且重大的体系性变革发生得更晚。这些变革开始时都很缓慢：电报作为早期的电气传播设备之一，它的使用令信息传播有了更快的速度，也

让短时间内建立更长的物理距离联系成为可能，而且使发送者和接收者的身份保持明确。说起基本的传播计划，最初的电报其实主要是对“导管”的修正。电报信息传播及其笨拙的发送和接收信息的机制，最初大规模地掌握了权力，使这一“导管”最适合发送指示或命令之类的信息。

移动电话给目前的传播进程带来了真正的变化。通过使用电话，发送者和接收者甚至不用彼此在场就能达成直接的联系。即便发送者和接收者在空间上是分隔的，但通过一位“信使”，他们的沟通变得直接，甚至无须“信使”的在场。他们的交谈是十分私密的，就好比一个发送者在没有其他人偷听的情况下说出“我爱你”或“你欠我十块钱”。技术让发送者和接收者不再需要共处一室之中；相反，只需要双方同时在线，电话就有了直接传递一条真实可信的信息之可能。“导管”对信息内容的 140
影响主要是由打电话的成本来决定的。

我在前面提到过真正的传播对互惠性的要求，亦即反复来回地谈话、倾听，并根据自己所听到的再次做出回复。[5] 尽管电话无法承载面对面对话沟通所包

5 见本书第二章，第48页（页边码）。

含的肢体语言，但直接的电话沟通仍能拥有真正的互惠性。虽然如此，我们不能忘记电话也容易产生误传与欺骗的图谋。

一旦关于物质的电力和电子性能的科学知识开始被应用于传播——也就是发送和接收信息——的设备和零件，电子技术所带来的影响就完全可以与书写相提并论了。

电子技术带来了一系列于我们而言十分重要的变革。其中之一便是信号传输的速度与范围的增加；其次，我们还能利用电子录音技术，将声音与声源分离，并运用同样的技术来重新组合与创造声音，以至于其初始声源无法再由听者辨识出来。[6]

传输图像的能力——通过将图片数字化——以及将传输的数据冲洗组合的能力，令我们能够给装备了同样技术的接收者们发送包含文本、声音和图像在内的信息。最后，也许亦是最重要的一点是，包括计
141 算机和互联网在内的新电子技术使大规模信息的收

6 关于这一方面的更进一步的讨论可参见Ursula M. Franklin, "Silence and the notion of the commons," in *Proceedings of the conference in Acoustic Ecology* (Banff 1993)。这篇演讲的较短版本发表于*Musicworks 59* (The Journal of Sound Exploration) (Summer 1994)。

集、存储和检索成为可能。在这里，我第一次故意使用“信息”这个概念。从许多方面来看，信息数据的电子化传播标志了传播就是信息从发送者传递到接收者的简单定义的终结。对信息的定义——“被传播的关涉特定主题或事件的知识”[7]——将重点放在了内容和形式而非目的上。

如上所述，新信息技术的真实世界在诸多方面都与传播的传统世界不一样。这种差别远不只是现有体系的扩展——比如在信息传送方面，电子邮件和传真对传统邮递服务的补充——所能概括的。关于这一点，我在前面的演讲中谈到了某些方面，特别是在第二章。所以我想直接跳到计算机体系和互联网，此二者是新信息技术领域的主要标志和试炼场。

互联网[8]是相互连接的计算机网络所形成的无所不在、去中心化的全球性标志，它原本是用来满足军方远距离的弹性数据交换的需求的。这种去中心化的设计允许网络中的各个网点访问其他任何一个网点，这

---

7 *Oxford English Dictionary*, 2nd ed. (Oxford: Claredon Press, 1989).

8 关于互联网的起源，可以参考例如Jeffrey A. Hart et al., “The Building of the Internet,” *Telecommunications Policy* (November 1992), 第666—689页。

是计算机技术带来的影响中最核心的内容，也在革命性的变革中扮演了一个重要角色。我们必须记住，计
142 算机并不只是计算和操控数字、为快速检索存储数据，它们也把信息——文字、声音和图像——转化为二进制数字形式，再在需要时将之接收与合成为原本的文字、声音和图像形式。将数字化的可能性与计算机网络的性能结合在一起，就好像重新发明了书写，尽管是在新的维度上（我是在这个世界可能最宽泛的意义上来使用维度这个概念的）。

在我的类比中，计算机知晓一种新的字母表——二进制数字（bits）。当你我誊写一条口头信息时，我们是依据语音来写下自己听到的东西；我们写下来的文本能够保存、发送，或者被懂得我们语言的人阅读。电子设备则能将信息数字化，并以二进制数字的形式表现信息。一行二进制数字能通过“写作”和“阅读”而被存储、传送和重构，就跟口头信息一样。

在历史场景中，一位抄写员能够通过声音来创造文字，将声音转化成语言代码，书写在泥板或莎草纸上，并将之寄出；而另一位对这些代码很熟悉的抄写员，则能够把文本念给信息接收者听。我把计算机看

作当今时代的抄写员，它通过数字化的方式（这是其书写或编码的形式），将我书写的内容转变为二进制数字，并通过电子邮件将之发送到我朋友的计算机的电子邮箱里，而这封信在我发送后的几秒钟之内就会呈现在我朋友面前。这位全新的抄写员知道怎么用二进制数字的形式来阅读和书写，也知道怎么把文本、声音或图像翻译成二进制数字，再把二进制数字重新翻译为文本、声音或图像。所以，二进制数字变成了和希伯来语或阿拉伯语一样的语言，而不仅是一个技
术概念。使用二进制数字进行书写的计算机，为传播 143
带来了一种我认为与文字书写意义相等的新维度。我清楚地知道，把二进制数字视作一种语言会带来各种各样的学术上的问题，因为语言是我们人类的一部分，“语言”这一指称承载了深刻的认知和感知影响。我不是不清楚这些，但我仍然想在更通俗的意义上使用“语言”或“习语”（idiom）概念，因为它真的很好地表达了二进制数字和传播之间的联结。

计算机之间的信息传送途径往往是在人类景观之外的，它们发生在赛博空间（cyberspace）中，我们的电子传播正是在这样一个非人类的王国或领域中实现

转换的。也就是说，赛博空间成为一个用以传送、存储和恢复二进制数字信息的虚拟的、非人类的和不真实的环境。我从来不中意赛博空间这个概念，一是因为它没有真正描述一个空间，二是因为它目前的使用并没有反映控制论（cybernetics）所暗含的控制与系统设计的概念，而赛博空间概念正是从控制论概念摹制出来的。[9]我不情愿地使用赛博空间这一指称，仅仅是因为我需要用一个名词来表示那个人们无法进入，但对人们的生活越来越重要的领地。

接下来的章节将考察赛博空间与人类生活范围之间的一些接触面。这些接触面展示了新技术，亦即新的行事方式，给在这个世界中生活的人类、社会和
144 政治活动所带来的不连续性。但是，为了让本章的内容与其他几章平衡，我想在狭义的赛博空间概念基础上，探索为了传播事业而使用二进制数字进行书写所暗含的一些问题。

---

9 “赛博空间”最早作为一个文学概念出现在威廉·吉布森（William Gibson）的小说《神经浪游者》（*Neuromancer*, New York: Avon Books, 1984）中。控制论的概念则是由维纳（Wiener）和罗森布卢特（Rosenbluth）于1947年提出来的，参见Norbert Wiener, *Cybernetic* (Cambridge, MA: MIT Press, 1969)。

如果我们接受了计算机作为一位用二进制数字进行书写的抄写员，就会将计算机网络上的传播难题与我们在早期文字书写和印刷传播阶段遇到的难题进行比较。在计算机网络阶段，我们同样遇到了对信息内容的鉴定与识别，对发送者、接收者或传送者身份的确认，以及对传送的信息之源头和意图的侦测等问题，更不用提信息内容的隐私及所有权了。那些逐渐演变成文字书写和印刷技术的一部分的专业性实践——从出版许可和文字编校到“体会文字的言外之意”——在今日再次到来，有时甚至被重新改造。但这并不是一个简单的任务，因为我们现在要处理的不只是把一项老任务——发送和接收信息——放置到新技术装置中，我们还必须处理与之前完全不同的、崭新的社会关系，这些关系叠加在了已有的社会关系之上。同样，赛博空间不仅变成了新的信息传送渠道，也变成了一个新的存储、聚集和分配信息的领域。

有一次我陷入了真正的麻烦，那是我建议大家把互联网看作一个大型垃圾场的时候。各种人和组织都把数字化和碎片化的信息丢弃在互联网那里，他们也会恢复那些对他们有用或者符合他们利益的东西。这

145 些“拾荒者”能找到什么取决于他们在哪里挖掘，被丢弃的是何物，以及被认为足够有用或有关联的到底是什么东西。挖掘或重新装配是没有模式可循的，整个垃圾场里没有捷径，也没有对丰富资源的必然指引。而且由于互联网囊括的是信息而非物品，同一份宝物（或垃圾）可以一次又一次被恢复。我的同事认为我描述的这幅垃圾场景象对网络开放式结构所包含的十分均衡的价值观来说是不公平的，而且没顾及网络准入的非阶层性本质，以及它对每一个人都开放的极为丰富的信息资源。同事很可能是对的。在那幅垃圾场景象中，最吸引我的是它表明了信息丢弃者和信息恢复者之间是没有任何联结的，而且缺少对信息的优先所有权的确认与归因。

我的兴趣主要在于明白一切新技术所带来的变革，并理解它们的影响。新信息技术带来的变革影响了个人的思维，但它们也建构了我们的社会和政治体制。尽管这些变革看起来唐突，甚至是灾难性的[10]，

10 William Greider, *One World, Ready or Not* (New York: Simon & Schuster, 1997). Michel Chossoudrovsky, *The Globalisation of Poverty* (Atlantic Highlands, NJ: Zen Books, 1997).

但我们必须将之视为对先前技术发展的延续，这一技术发展在努力改变时间和空间放在人类身上的诸多限制。关于这一点，我在下一章里会接着讨论。

THE REAL WORLD OF TECHNOLOGY

第八章

在前一章中，我试着将自己对“传播”的理解系 146
统化，并指出新技术——从文字书写到印刷再到计算
机——对发送信息和接收信息的实践的影响。我开
始描绘不断变革的实践对这种传播的内容、范围和路
径的影响。在这一章中，我会继续这一探索。

对我而言，使用通俗易懂的语言、选择合适的词
句来完成这一任务，是很难的。我们该怎么来谈论
“新”？我们人类一般会基于共同经历来进行彼此之
间的沟通，我们会相互比较、形成对照。故此，“新”
只有在我们将之与“旧”进行比较,并用“多一点”“少
一点”“好似”或“不像”等言辞来形容时，才能被
表达出来。然而，“新”不只是“异于平常”，好让大 147
家能进行类比或比喻。有些时候，不恰当的比喻被有
意杜撰出来误导人们（见第四章）；但是不适合的比
喻的出现也可能是由缺少对新事物相关属性的欣赏带
来的。当一个人想到关于“新”的法规条例和基础设
施时，很容易就联想到“信息高速公路”概念，但我
认为，我们早已顺序颠倒的传播活动的现实，能通过
我最喜欢的一部动画片恰到好处地表达出来。在这部
动画片中，一位接待员正坐在图书馆中间，在她身后

是一排排的读者，每个人都坐在计算机屏幕前面。这位接待员正在为一位读者答疑，她说："先生，这里是图书馆。如果你想要书的话，可以去书店。"创作这部动画的艺术家简洁地质疑了这样一种基于传统的假设：图书馆一定到处都是书。其实我们可以深入思考，新技术在诸多方面改变了现有的模式，而且其中的一些变革是很难光靠语言表达出来的。

许多技术创新是为了改变人类和社会活动的时间和空间而被引入的。从许多方面来看，时间和空间是人类生存这枚硬币的两面。无论什么东西改变了其中一面，另一面都会受到影响，而光用"更快"或"更远"这样的形容词来描述技术影响是远远不够的。在谈论新的计算机网络技术时，这样的描述尤其正确。在进一步检验赛博空间的网络议题前，我想先强调关于时间和暂存性（temporality）的一些显著特征。

148 我想着重说明一下为什么需要首先从学术方面仔细考究空间和时间中的人类存在，因为我想更好地理解技术对人类、社会和生态的影响，亦即事情被完成的方式。关于时间、空间，关于意义的意义，这些更深的问题我必须留给哲学家和神学家来解答，在这些学科领域我并无建树。我只是担心在新实践方式的影响下，人及其社群、文化、土地和未来会发生什么。我还想尽可能地理解这个崭新的技术真实世界，因为这是我们所有人生活的地方。这就是为什么我在我们可用的智慧中挑挑拣拣，试图找到能够阐明这一日渐凸显的、我们不得不应对的问题的思想观点。

自然给予了人类社会最初的时间标志。这些标志从恒星的位置、太阳和月亮、四季更迭到世间万物的发迹、兴盛和衰亡。在这些经验中，诞生了我们对模式、循环以及人类社会在其中之地位的认知。但测量时间（measured time）和经验时间（experienced time）之间是有明显区别的。

时间在人类个体和集体的身份感知方面起到中心作用，这种身份感知往往基于共同的历史，基于对一系列相互关联的历史事件的共同知识。许多文明的神圣经书在叙述这些事件时都使用时间序列，比如“……太初有……”。同样，个体生命及其故事也是有始有 149
终的。时间永远陪伴着我们，我们会说给些时间，制造时间，浪费、偷走乃至“杀死”（打发）时间。女人们还会说“每个月总有那么几天”，而生孩子也是有时间期限的。在这些事物中，时间是*真实的*，而且随着它的推移，我们个人和集体的记忆被结构出来，它也令人类的生存形成模式。我们最好记住伊曼努尔·康德（Immanuel Kant）对时间和空间的看法，他不把此二者视为人类运动于其中的外部媒介，而是视为人类思维的指挥设备。

纵观历史，人类喋喋不休地谈论着：空间和时间构成的囚笼限制了他们的本质性存在。人类的发明使对消逝时间的计算臻于完美，比如通过控制水流计算时间，通过查看日晷指针阴影的位置（之后是通过机械设备）来计算时间，这些对时间的计算方式是社会与时间联结和相互束缚的证据。灯具推迟了夜晚的到来，对植物的驯化和杂交培育拉长了它们的生长期。为了规避大自然季节性模式所带来的本难以避免的后果，人类相互厮杀，夺取不冻港，建立“日不落帝国”。但即便新科技——从电报到火车——用很短的时间将相隔很远的地方连接起来，新创立的国际时区还是展现出了自然对时间的支配现实。唐纳德 · 斯旺 (Donald Swann) 作于 1965 年的歌曲《时钟卡罗尔》(“The

Clock Carol”）在开头几句中正表达了同样的意思：“当伦敦正午的钟声敲响，纽约才开始新的一天。在多伦多道一声早安，在曼德勒说一句好梦。”[1]

我们还必须记住，技术的当务之急是摆脱时间和 150
空间的约束，而从其本身及内部来看，这一当务之急正是人们抓住社会的暂存性不放的证据。就新技术而言，正是时间作为序列和模式的那一面最引起我们的注意。**同步性**（synchronicity）及其对立面**异步性**（asynchronicity）的概念，是这一暂存性及其技术方面的核心。

在这里，我使用同步性这个概念是基于卡尔·G. 荣格[2]和刘易斯·芒福德[3]做出的定义。芒福德强调，把时钟当作工具将时间划分成我们熟悉的节段，改变

---

1 Donald Swann, *Sing round the Year* (London: The Bodley Head Ltd., 1965), 68.

2 Carl G. Jung, *Memories, Dreams, Reflection* (New York: Random House, 1961), 221, 388. 另见Jung, “Synchronicity, an acausal connecting principle,” in *Carl Jung: Collected Works*, Vol. 8 (London: Routledge and Kegan Paul, 1954)。还可参见Victor Mansfield, *Synchronicity, Science and Soul-Making* (Chicago: Open Court Publishing Co., 1995)。

3 Lewis Mumford, *Technics and Human Development* (New York: Harcourt Brace Jovanovich, 1966), 286.

了我们所处社群的结构，也改变了个人工作和生活的结构。召唤人们上班或祈祷的铃声使整个社群“同步”了，这一过程往往利用越来越细节化的控制模式来控制个人或群体。

另一方面，荣格则将注意力放在普遍模式和非因果巧合的重要性上，在此基础上建立个人与个人之间的意义与联系。由此，当同步性带来了序列和模式、固定的间隔或周期、协调和同步时，异步性则会把人类活动从其功能性的时间或空间模式中去耦[4]。

我在前面已经通过描述工厂、学校或监狱中对时间的技术性操控，讨论过工作和社会关系的规范化重新整合的历史（见第三章）。这些发展中的大多数都能被阐释为，强有力的新模式利用新的时间和空间配
151 置建构了人们的生活。然而，如今广泛使用的计算机网络及相关技术带来了一些不同的东西：同步性的流行，是由对之前规定性的时间和空间模式的放宽（如果不是完全放弃的话）带来的。

4 去耦（decoupling）是一个电学概念，指的是阻止从本电路回路交换或反馈能量到其他电路回路。这里指的是异步性会把人类从“同步”的时间和空间中解放出来。——译者注

这是一个巨大的变化。不再是一种模式取代另一种模式的状况，现在的变革似乎是从现有的模式转变为一种不可辨识的结构。我认为，同步性带来的逐步发展的拆解是新电子技术中极为重要的一个方面，如果不是最重要的方面的话。

同步性试图拆解社会和政治模式，但无法提供明确的可替换模式，它在这一过程中扮演的角色是不能被高估的。我来举些同步性及其给社会和人类带来影响的例子吧。说起传播，我们可以聊聊语音信息，尽管那些“语音”是由设备发出来的，而且“信息”从来没有真正被送达过。口头传播的乒乓球模式[5]不再受时间和空间的限制。你可以在吃午饭前给某人发一条信息，而她会在她觉得方便的某时某地接收这条信息，然后再发出回复的信息——由此我们享受到亲密的联系，而口头传播的最重要之处被认为是：同样处于进行时的人们之间的信息交换。这一过程的关键之处不是机器设备对传播进程的干预，而是一个同步化的过程变成了一个异步化的过程。

许多人都经历过工作的异步化形式，也感受过它

5　口头传播的乒乓球模式，意为你一言我一语的来回沟通。——译者注

152 带来的后果，通常包括与工作相关的群体团结和自我定位的缺乏，这些后果会带来深刻的社会影响。你可以 24 小时访问网络图书馆，而且那些电子文章和电子书你是不需要归还的。新的“富人”和“穷人”出现了，其评判标准是他们对允许进行同步性实践的规则掌控、接触和了解多少。

这一切对于我们——作为在自然和文化模式中不断演进的人类，作为社会和政治生物——而言到底意味着什么？我并不是说所有异步性的事物都是“不好的”，而一切同步性的事物都是“好的”。根本不是这样。通常而言，女人就特别珍视异步性工作的机会——当孩子睡觉时写一点东西，在她们被牢固搭建起来的生活中找到空隙，偷偷取得一点点私人空间。但是我认为用异步性活动来**补充**一个严格模式化的结构，与用异步性规划来**替换**同步性功能，是完全不一样的。稍后我将详细阐述此二者的差异，因为令我担忧的并不是异步性过程的本质，而是它们的广泛流行，如果不是完全支配的话。

但是现在，请允许我转向一本出版于 1995 年的书《比特之城》(*City of Bits*)[6]，这本书敏锐地描绘出异步性工作的支配地位。作者威廉·米切尔（William Mitchell）将时间和空间的旧现实，与新的异步性的"比特"世界并置一处。米切尔对异步性的生活和工作做了建筑学意义上的考察：在"比特之城"中，电子邮箱地址成了一个人的居住地，互联网是一个永久开放的图书馆，群聊是一个经过精心挑选的大家庭，而万维网正如米切尔称呼的，是"信息的跳蚤市场"。 153
工作和娱乐彼此缠绕，甚至融合在了一起；而社会公正则由人们对商务、娱乐和政治的赛博空间的介入程度所决定。有一本基于麻省理工学院媒介实验室的研究和展望而写出来的书，这本书极具思想性，也令人震惊，它为读者展示了一幅令人惊恐的、不可避免的图景：一个全球性的"比特共同体"（bitsphere）的到来。对米切尔来说，问题不在于整个世界是否会变成一个比特共同体，而在于这个比特共同体的设计是如何进行的。

米切尔的眼界的惊人之处不仅在于他所描绘出的

---

6 William J. Mitchell, *City of Bits: Space, Time and the Infobahn* (Cambridge MA: MIT Press, 1995).

一切，还在于他未描述的东西。“比特之城”的居民们仍是有血有肉的人类，但是自然——人类只是其中的一小部分——似乎在这个比特共同体中没有自主的空间。在“比特之城”里，没有四季的韵律，没有土地的馈赠，也没有个体生活的衰退或流动，尽管这些同步性模式在历史上形塑了我们的文化和社群，而通过这些模式，一代代人类才得以寻到生活的意义。

通过替换而非补充，比特共同体中的这些带有异步性实践形式的同步性模式不容小觑。整个生物圈，我们生活的地球，处于各自社群、文化和历史之中的人，都还存在；过往的人造环境，城市和乡镇，大道和水路被建构出来，一个接着一个。在每一个现存的文明中，人们对历史和身份的认知，都根植于对过往
154 事件及其时间序列的普遍常识。毕竟，历史正如某人所说，是“一件又一件该死的事儿”。人类从物理、社会和政治几个维度，分步骤、分阶段地感知生命，而不是依据某个特定的设计或蓝图来聚集、拼凑不同的碎片。在人类的思维中，顺序和结果是彼此联系的，一个人难道能在不考虑顺序的情况下维持结果的概念？更别提责任了。

在谈论比特共同体和人类共同体之间的界限，以及同步性方式和异步性方式之间争夺控制权的斗争之前，我得先提出两个概念，或者说两种不同的真实。我们需要记住机制（mechanism）与组织（organism）之间的区别。这不是什么新出现的差异，但在技术的真实世界中，这一差异极为重要。布莱恩·古德温（Brain Goodwin）最近在其研究的进化生物学领域中提出了一个构想，这个构想对我帮助很大。古德温追溯到康德，他写道：

> 康德将机制视为一种功能性单位，该单位的各个部件为了完成某个特定的功能而协同存在。在康德那个时代，钟表就是一个范例。早就存在的各个部件，被设计出来在钟表里扮演不同的角色，组装起来形成一个功能性单位，其不间断的行动是为了记录时间的流逝。
>
> 组织则不同，它是一个功能性兼结构性单位，在自然面前，各个部件不仅相互作
> 用，也彼此依靠。这意味着组织的各个部 155
> 件——叶子，根，花朵，肢体，眼睛，心脏，

> 大脑——不是像机器那样分开制作再组装起来的，而是不断发展的组织内部的各部件相互作用的结果。[7]

根据这些定义，我们可以将米切尔所说的比特共同体视作一个在赛博空间中以异步性的方式，在接收者和发送者之间传送信息的巨大的终极机制。比特共同体在彼此迥异的组织——物理性的组织和社会性的组织都有——之间盘桓，而且似乎一个接一个地将它们摧毁。这是一幅引人注目的图景，但我认为，它并不必然是恰当的。比特共同体里的结构和功能聚合在一起仅是为了完成某一任务或交易，一旦超出交易的范围，它存不存在就很难说了，所以它并不是像广义的机制那样"就在那里"。如果想要给比特共同体的运作找一个相似的事物的话，不妨想想音乐，除非你开

7 Brian Goodwin, *How the Leopard Changed His Spots: The Evolution of Complexity* (New York, London: Simon & Schuster, 1994). 必须再次说明，我无法公平对待这一学科领域的深度和广度。许多思想家都曾指出，除开其实用性，机制模式和组织模式的概念遗漏了围绕在私人领域和精神领域的基本的人类和社会维度。生活中的这些方面深受变化中的技术的影响，但我的这些演讲的范围，以及我自身的学术背景，都不允许我充分地论及这些议题。我只能希望后来者能对此有所论述。

始弹奏，否则听不到声音。尽管我知道有些音乐家能在看到乐谱时就能“听到”音乐，但对一般人来讲，音乐还是需要通过演奏或歌唱来被人听到的。比特共同体，就好像一场音乐演奏，只有触及人类时才有生机。而且，正是接入比特共同体的不同路径及其可能性，强有力地牵引着整个世界的社会和政治构造进程。

如我所见，比特共同体不是一个超级机制，而是一个被设计成通过异步性方式来接入和利用的无机环境。这意味着相互连接的计算机不仅能够在任意时间、
任意地点传送或接收信息，而且这一赛博空间作为一 156
种“导管”，不会在异步性使用方式的可能性之外，对传输过程或内容本身植入某种模式或序列。

这一章我将注意力主要放在了渗透进新技术的世界的正在变化中的时间关系，接下来，我将观察人类存在这枚硬币的另一面：人与物理空间之间正在变化的关系。

THE REAL WORLD OF TECHNOLOGY

第九章

在第八章里，我向大家介绍了《比特之城》，在 157
这本书中，威廉·米切尔在建筑学的意义上讨论了一个由新电子技术环境的异步性建构起来的生活与工作环境，他称这些环境为比特共同体。对此我的一个评价是，人类、他们的社群和历史，以及生物的共性与复杂性的确仍然存在。新技术的魔力能够改变我们对何为实际、何为真实的关键看法。有时我不得不提醒自己，毕竟一个人不会在遛狗的时候突然“遇到”网络，他也许会遇到邻居，然后聊聊马路上的坑洼。

在这一章里，我想说明一下人类共同体和比特共同体在接触面上的竞争。为了帮助大家理解，我虚构了一个场景，以方便自己描绘这一问题的结构性和历 158
史性维度。[1]

我们把整个世界想象成一块圆形蛋糕，一块块的楔形蛋糕片是地区或国家。作为某一块蛋糕上的居民，我们与相邻的蛋糕片距离较近，与对面的蛋糕片距离则较远。在蛋糕片内部，我们可以把社会流动描绘成

1　Ursula M. Franklin, “Beyond the hype, thinking about the information highway,” *Leadership in Health Services*, (Ottawa: CHA, July/August 1996). Franklin, *Every Tool Shapes the Task, Communities and the Information Highway* (Vancouver: Lazara Press, 1996).

垂直结构的，比如在底层的面包屑、中间的葡萄干和顶层的奶油之间进行重新安排。由此，社群就是本地性的，代议制也是如此。民主有着本地的根源，它最初的实践就是在地方实现的：踢马道（Kicking Horse Path）地方议会的议员代表了名为加拿大的一块较大的蛋糕片中的一小部分。

在历史中，语言、法律和习俗被认为是依据地点而垂直分布的，而地点则取决于“切片”。外国语言或通用语的概念正是对于语言、文化和社群的当地本质的承认。然而“蛋糕切片”之间很少会完全孤立，跨越切口的交易——无论是国界还是族裔语言的边界——一直以来都存在，当然这更可能发生在相邻的两块蛋糕片而非相隔很远的蛋糕片之间。在历史中，人们曾穿越很远的距离到远方旅行，他们带着新见识、新知识和新货物回到家乡。我们可以把这种个人的、货物的和思想观念的交流想成一块“全球性蛋糕”的水平分层。

在很长一段时间内，这样的水平迁移受地理阻碍而减缓，并受到地方的或垂直的律法之限制。像护照、
159 关税和边界监视这样的工具，保护垂直性活动免受水

平迁移的侵蚀。许多技术创新，都设法推开对时间和空间的限制，让水平迁移更容易实现：从改善海路交通的航行工具，到火车、汽车和飞机；从电报和无线电，到电话、传真和电子邮件。这些东西都对跨界和跨国交易的增长大有裨益。还有一个事实是，现代生产技术所包含的规范性碎片，很好地给全球性工作分包和异步性的重新组装提供了帮助，由此你可以看到一幅全球化的蓝图。

我们都知道水平迁移日益增长的主导地位带来的现实状况：货物和部件在大洋彼岸制作出来，然后在本地出售；服务则由天知道在哪儿的电话中心的某位不知名通话员来提供；我们的新闻广播既报道全球各地的股票市场新闻，也报道本地交通信息。对于加拿大的公民来说，关于资金的全球流动路径的信息的即时更新，似乎与听到发生了一场可能导致自己上班迟到的交通事故的消息一样重要。

这些情形不是一夜之间到来的。水平运输日益增长的重要地位，需要助长与校准，从关税联盟、护照要求的放宽，以及旅行与货币管理力度的减轻开始。但是随着电子技术的出现，水平运输再次迎来了一次

量子跃迁。说回我们的蛋糕模型，在一块蛋糕片的垂
160 直内部，某些部分会比另一些部分从这些发展中获得更多的收益，而且往往——虽然也不是一定——是因为他们在这个切片中所处的位置。

我们必须意识到，在垂直模式中，那些倾向于限制水平迁移带来的影响的律法，一定是由国家制定的，比如每个其限制和建构垂直模式的能力会被自发的水平迁移所阻碍的国家。水平迁移过程往往会将垂直模式的权力转移到水平模式之中，比如当一个民族国家让渡自己在跨国企业某些方面的管理权，或者当国际贸易协议相较于国家律法拥有优先权时。一个国家的统治装置常常会分裂成水平的小部分，这些小部分热衷于释放水平迁移活动，并由此试图削弱地方或垂直组件的黏性与力量，而后者只关注“蛋糕片”内部的情况。比如在加拿大,《北美自由贸易协定》(NAFTA)或《多边投资协定》(MAI) 带来的社会和政治影响就呈现了水平力量与垂直力量之间的角力。

加拿大税务系统的变革为我们提供了一幅关于我们国家的垂直力量与水平力量之影响的更深刻的图景。1955 年,加拿大政府所征的税收有 43% 来自企业,

剩下的部分则来自个人。到了 1995 年，企业税收所占比例变成了 11%。[2] 从政府的角度来看，产生这种截然 161
不同的待遇的原因在于,当公民们被困在“蛋糕片”的内部时，企业能够在不同的“蛋糕片”之间滑行，直至寻找到更合适的全球避税港；而从公民的角度来看，这一问题是关乎代议制和民主的，公民们可以发问：那些被选举出来的政府人员在制定法律和限令，或者同意相关律法的实施时到底是在代表谁的利益？是那块垂直结构的“蛋糕片”,还是构成了一整块“蛋糕”的水平切面？

蛋糕模型所能生动描绘出的全球化的另一个特征是，目前投资型资本主义相较于制造或生产型资本主义拥有绝对优势。[3]在第一章里,我介绍了规范性技术的概念。这些规范性实践出现在 18 世纪中期，即工业革命时期的欧洲。通过使用机器以及一种新的劳动分工方式，新技术极大地促进了材料货物的生产。在西欧以及之后的北美内部，规范性技术重构了工作，并为

2 Walter Stewart, *Dismantling the State* (Toronto: Stoddart Publishing, 1998), 294—295.

3 见第七章，注释10；另见John Dillon, *Turning the Tide: Confronting the Money Traders* (Ottawa: CCPA, 1997)。

权力和资本的集中提供了新机会。在彼时逐渐兴起的技术秩序中，政府与商业的关系发生了改变，而且正如我曾用电力的分配作为例子所指出的，国家开始建立能促进随后的商业生产之增长的基础设施，同时鼓励消费与生产材料的获取。这种一般化的趋势一直持续下来，但其规模和范围扩张得更大，这基本上是依靠不断扩大的财政工作。这些事务还是可以被视作新
162 技术与旧技术的应用成果之间的相互影响。

消费品的大量生产，即便是在高度自动化的设施和低薪酬、低开销的工作地点，也没有放弃无止境的收益，尽管有些人期待它们会放弃。这部分是因为那些最需要大量生产出来的货物——包括食物、药品和衣物——的人，就是生产出这些产品的人，但同时也是最缺乏购买这些产品的渠道的人。[4]与此同时，那些拥有宽裕收入的人，则变得更加挑剔，对消费品也多少有几分厌腻。总而言之，消费主义已经不是它原本的模样了。

另一方面，比特共同体以及关于命令和控制的计算

---

4 可翻阅例如《新国际主义者》(*New Internationalist*)月刊里关于世界贫困与不平等的报道，以及联合国相关局署的报道。

机技术，大规模促进了迅速的和异步性的现金业务。就比特共同体本身而言，它已然带来了全球金融贸易与营利的牢固增长。随着比特共同体的扩展，投机和投资活动范围也不断扩大。货物会在地方上有一个生产源头，通常是在垂直切片的某处，但钱币与投资基金不再被固定在某处。比如可以注意到，多伦多证券交易所的交易场地不再是一个物理空间，它仅存在于比特共同体中。即便如此，交易所中的各种传输交易仍是真实的。因为它以二进制数字形式在全球做水平传送所具有的非透明化特性，会为真正存在的人带来收益或损失，给某些人以希望，给另一些人的则是绝望。

新出现的投资型资本主义对生产型资本主义的支配可以被视为商业与民族国家之间关系的转变：当对
原材料的需求和对物质货物的贩售是营利的主导形式 163
时，正如我在前面指出的，国家会在其中扮演积极的角色，通过使用管理和控制的相关工具，以及公共政策的制定，为商业行为的实施制造政治氛围。由此，公民主要被视为消费者，并被鼓励变得像个消费者。营利方式从直接生产到投资的转变并没有改变国家积极支持商业行为的态度，但它极度改变了国家的支持策略。这些改变为国家与其公民的关系带来了显著的位移，这一位移我在前面提到的不多。

考虑到全球经济，它在世界的工业化国家的商业行为中已经变得十分明显，如果公共领域向私人投资开放，会带来极大的收益。从历史上来看，一个国家的非营利领域——从公路和公园建设到学校、医院和监狱——会被坚定地置于各自的垂直片区中。许多公共机构是被地方性的需求或普适性价值搭建和规训起来的，这些普适性价值中有一点是民主的信念，即认为某些人——比如孩童、老人或体弱者——的需求不能成为另一些人的利润来源。然而，最近许多公共领域功能的私人化，以及对这些领域的运作解除管制，意味着政府已经将垂直的、以社群为基础的工作（传统上委托给政府来监管）开放给了全球化投资的水平层面的力量。由此，国家将其公民最需要依靠的领域，以及他们最信任的资源，转变成全球市场的新投资机会。

164 这里的问题不在于个人是被公共范围还是私人领域侍候得更好，我想要争辩的问题是关于统治与责任的。摧毁公共领域，由于水平面的推力而失去垂直面的凝聚力，这些都深刻影响了社群以及人与人的联结。在没有对处于危机边缘的、更广阔的议题进行公共讨论之前，这一领域内的改变实在不应该开始。

并不是每一个技术上可能的事物，比如比特共同体驱动的投资型资本主义，对国家的福祉而言要么是可取的，要么是必需的，二者必居其一。在加拿大，对新技术施予人们生活的影响的公共讨论和地方性讨论很少影响到我们国家的政府管理，对此我深感悔恨。我害怕，我们这块“蛋糕片”正在我们没有首肯的情况下塌陷。

关于蛋糕模型就讲到这里。我希望这一模型能帮助我们看清，技术的真实世界——在这个世界，我们试图平静地生活和工作，只要一点点公正和平等——处于强有力的、相互竞争的力量之博弈中。蛋糕模型可以轻易地与我们前面的一些讨论联系起来。异步性是顺着水平切面的工作之基本特征，而同步性和共享模式则为垂直切面提供了大量的内聚力。清晰的是，我们中的每一个人都受到异步性实践和同步性实践的影响。

在最后一章中，我将检验日益扩大的异步性环境中的一些生活与工作面向；这一异步性环境构成了比特共同体与生物共同体的中间地带。

第十章

在第七章中，我检视了从古代到现代的传播领域，165
并且将计算机视作一位全新的抄写员，它能够以二进制数字的形式将语言、声音和图像转变成新的习语；我还试图将计算机与文字书写的发明进行类比和相似性分析，以呈现数字化与计算机网络的影响。在第八章和第九章，我分别讨论了时间和空间的维度，并且仔细思考了新技术、新的行事方式是如何改变我们生活和工作于其中的时间—空间语境的。

在这最后一章中，我想把这些思想放在一起，并审视比特共同体与生物共同体之间的接触面，也就是今日世界所处的领域。在这里，生物共同体的概念在
最宽泛的意义上被使用，它不仅包括各种各样的生物 166
及其生物性支持系统，还包括证明这些生物存在于地球上的实体造物和精神造物（你可以将之看成一个共同体网络，各生物彼此嵌入）。而比特共同体则是一个以二进制数字形式存储、运行和传输信息或数据的共同体。

无论是个人还是集体，我们都同时居住在比特共同体与生物共同体之中，只是有时受到其中某一个共同体的影响多过另一个。不管你喜不喜欢，这就是我

们这个时代的现实，没人能把某个共同体给赶走。一个人能做的，是竭尽全力尝试去理解这些相互影响的共同体现有的和潜在的活力，尝试去调整和减缓它们带来的影响。请记住康德的洞见：时间与空间是人类思维的指挥设备。

我将着重用我们生活中相互联系的三个面向——教育、工作和行政管理——来描绘共同体带来的影响，其他一些方面的例子也会被用到。我希望，最后的结论能够适用于任何面向，因为比特共同体和生物共同体之间的推拉运动是普遍存在的。

我把比特共同体和生物共同体的一些特征汇编起来，用以比较和对照它们的属性；但我这样做并不是在创造一种两难的景象，而是描绘出相互矛盾而且常常不相容的力量同时在场时所积聚的不断变化的环境。在生物共同体中，人类试图将自身的经历编排到一般性的组合与结构中，由此编纂与传送他们对周边
167 世界的理解。[1]神话、宗教和科学就努力把知识和经历

1 Kenneth E. Boulding, *The Image* (Ann Arbor: U of Michigan, 1956). 至于科学，另见David Knight, *Ordering the World: A History of Classifying Man* (London: Burnett Books, 1981)。

以相应的秩序传送，由此形成作为指挥原则的顺序与结果。在已知社会中，学习、认知这些指挥原则是个体成长的一个传统部分。这些指挥的组合帮助我们评估和解释新知识与新经验，新的发现又会反过来转变或质疑这些指挥组合。指挥、序列、关联这些概念正是从对自然的观察中得到的。

记住自然界无法避免的“序列”是有用的，比如我们不会忘记种子必须播撒到土壤里才能生长，树木是不会长到跟天空一样高的，一天不会长于 24 个小时，而无论世界政局如何太阳都照常升落。这些序列都同技术进步关系密切；技术会找到新的、更具包容性的行事方式，并常常由此轻视自然置于人类社会中的那些无商量余地的事物。无论个人还是集体，没有谁能决然与生物共同体分离——你就是无法从自然中全身而退。

除了根植于自然，人类及其社会和政治群体还被嵌入他们特定的文化中，这种文化由世世代代人的行动、思想和价值观相互作用而形成。尽管社会和政治体制在历史中不断变化，但社会结构本身持续下来，并为文化与实践的定义提供指挥原则。[2] 由此，人类个体打上自然的印记，也打上了社会结构的印记。

168 另外，比特共同体最惊人的特质之一是结构的缺席。就我的理解，比特共同体被设计成没有可以与过去的信息导管的连贯顺序 / 结果模式相匹配之结构。从概念上来说，我们可以通过援引更高层级的复杂性[3]或者利用混沌理论的观点[4]，来应付比特共同体的预测型结构的缺失。然而，就我认知这一新技术的社会和政治影响的目的来看，强调比特共同体“反结构”（anti-structuring）的一面或许更有帮助，比如其异步性的与固有的碎片化实践活动。生物共同体存在于真实时间（包括过去、现在和未来）之中，而比特共同体——它本是人类思维的产物——则不存在时态或暂存性，也与物理空间无关。作为提供交易的环境，比特共同体单纯使用存储的或输入的数据来按要求进行

---

2 Bruce G. Trigger, *Sociocultural Evolution* (Oxford: Blackwell Publishers, 1998).

3 *The Science and Practice of Complexity* (Tokyo, Japan: The United Nations University, 1985).

4 关于混沌理论的入门介绍，可参见Ian Stewart, *Does God Play Dice?* (London: Penguin, 1990)。

传输，而且执行得极有效率。

当我们在比特共同体和生物共同体的接触面上来考虑教育、工作和行政管理时，以上的论述能带给我们什么？我在前面曾将基于自然发展语境的教育的生长模式与基于机制考量的教育的生产模式进行比较。在后者中，教学被视为一种生产过程，能够用投入、产出、效率和效益最大化等概念来分析与评估。在过去 10 年中，这种模式主宰了关于教育的政治，随之而来的是教育技术的发展与引进。人们寄希望于新的传
播技术，特别是电影、无线电、电视、计算机能够将 169
教育的范围加深、拓宽，就好像历史上文字书写和印刷技术曾做到的，这一希望已在很大程度上被实现了。

不幸的是，人们在教育领域引入这些新技术，很大程度上是把它们视为提高生产的工具，这些技术被认为能够带来更好的教育产品，以及速度更快、规模更大的流水线生产，而不是因为它们能够为教育提供更肥沃的土壤。由此，电子化教室在新技术的真实世界中遇到在工作与行政管理领域同样会出现的问题以及相同的社会和政治困境，也就不足为奇了。

依我所见，这些普遍的问题与困境主要分成三个

系列。第一个系列的问题的发生是由于机器设备对人的驱逐[5]，这是工业革命曾怀抱的旧梦想——工厂无工人，学校无教师，政府无公务员——之延伸。

第二个系列的问题是第一种问题导致的结果，它包括：大规模低估共同工作或学习对完成工作之贡献所产生的问题[6]，以及对“知识在于积累”之事实缺乏尊重所带来的问题。

第三个系列的问题包括：由异步性的行事模式的增长所带来的问题，以及由此产生的社会时间—空间混乱。[7]

当然，日常现实囊括了这三个系列的问题，而且每一种问题都受到另外两种问题的影响。

---

5 David F. Noble, *Progress without People* (Toronto: Between the Lines, 1995). Jeremy Rifkin, *The End of Work, the Decline of the Global Laborforce and the Dawn of the Post-Market Era* (New York: G. P. Putnam, 1995).

6 关于工人对工作场所相关技术之贡献的赞赏，可参见Debresson, *Understanding Technological Change* (Montreal: Black Rose Books, 1987)；Karen Messing, *One-eyed Science, Occupational Health and Women Workers* (Philadelphia, PA: Temple UP, 1998)以及大卫·N. 诺布尔的著作。

7 Heather Menzies, *Whose Brave New World?* (Toronto: Between the Lines, 1996). Richard Sennett, *The Corrosion of Character* (New York: W. W. Norton & Co., 1998).

让我在教育领域再多待一会儿，考察一下教授行为 170
与学习行为的相互作用。每当一群人聚在一起学习某样东西时，这一过程中的两个分离的方面应该被区分出来：显性学习（explicit learning），比如学习如何增加、分隔或者结合法语中的动词；另外是聚合的学习行为提供给整个机制的隐性学习（implicit learning）和社会性教学。正是通过这样两个不同方面的学习，学生获得了从聆听、忍受与合作到耐心、信任或愤怒管理的社会常识和应对技能。在一个传统的机制中，大多数隐性学习行为“碰巧”是群体性的。一旦完成了显性工作，我们会理所当然地认为隐性学习也完成了。这个假设不再有效。当我们使用外部设备来减少对显性学习训练的需求时，隐性学习的机会同样会减少。

尽管显性技能可以通过恰当的设备比如拼写检查、计算器或计算机来获取，但通过隐性方式习得社会技能与思想仍是必需的。没了对教学的社会过程之充分理解，以及对其良性发展的审慎关心，整个教育事业都会处于危险之中。[8]

---

8 Ursula M. Franklin, “Personally happy and publicly useful” in *Our Schools/Our Selves* 9.4 (October 1998).

我的时间只够举一个例子了，用来说明用机器设备替换人类活动到底会带来什么。当我作为博士后第一次来到加拿大时，我对同事在高山滑雪时受伤的严
171 重程度感到惊讶，我花了一些时间才弄明白是怎么回事。虽然我在来加拿大之前滑过雪，但我并不了解运送滑雪者的缆车。我的经验是一旦我们能够爬上一座山，同样也能安全地下山，而滑雪缆车剥夺了这个学习如何攀爬、下落和重新攀爬的“顺便的”机会，也剥夺了人们检查自身健康状况与当地资源情况的持续权利。如果在使用索道之前人们无法了解这些知识，生命确实会受到威胁；一旦明白了这些知识，人们就会相对轻松地获得安全合理使用索道的经验。

把这个类比切换到教室里，我们就没那么容易找出社会学习的“顺便的”机会之缺失,并创造出它们的替代物。教育的生产模式让我们甚至很难察觉到隐性学习的存在，更别说抵消它的损失了。毕竟，新技术是把教育当作一个生产活动来提升效率、降低成本的。所以，许多能够帮助改造新教育机制以保存和鼓励隐性学习的老师不再被需要了。

考虑到效率与成本削减变换了同步性教室活动与

异步性教室活动之间的平衡，显性学习与隐性学习之
间的平衡也发生了变化。开放给学生的知识源或许增加
了，但可用的理解源也许不增反减。这给社会的凝聚与 172
平和的生活带来了相当大的后果，值得我们认真对待。

相比于发生在工作场所的展现生物共同体与比特共同体接触面的情形，发生在教室里的只是相同情形的一个侧面。事实上，选定工作场所本身都已经不合时宜了。新技术、新的行事方式不仅消除了特定的工作与工作场所——比如电话接线员及其接线板、统计学家及其文件——而且余下的工作在时间和空间两方面也经常是以异步性的方式完成的。

但我们再一次发问，当人们不再共同工作、建造、创造和学习，当完成一般性工作的过程中人们不再分享工作顺序与结论，那些洞察、信任与合作，那些经验与警告将在哪里？将如何被学习与传承？

工作的时间—空间转位对个体及其环境转变带来的影响最近引起了严肃的讨论。[9]但是工作的主旨本

9　可参见Armine Yalnizyan, T. Ran Ide, and Arthur Cordell, *Shifting Time: Social Policy and the Future of Work* (Toronto: Between the Lines, 1994)。

身呢？工作为我们提供了生活环境、意义、身份认同与目的，而我们生活在生物共同体与比特共同体的接触面，所以这些东西都深受新技术的影响。

我认为弗里茨·舒马赫优美而又清晰地描述了我们生活中的工作场所，他写道：

> ……我们可以为人类的工作总结出三个目的：
>
> 第一，提供必需和有用的货物与服务。
>
> 第二，让我们每一个人都使用并完善我们的天赋，比如做一个好管家。
>
> 第三，在服务中与他人合作，由此将我们自己从天生的利己主义中解放出来。[10]

“这三重功能，”舒马赫继续说道，“让工作对人类的生活至关重要，以至于几乎不可能在人类整体层面上构想生活而不涉及工作。‘失去了工作，生活将会变得腐朽，’阿尔贝·加缪这样说过，‘工作失去了

10 Ernst Friedrich Schumacher, *Good Work* (New York: Harper & Row, 1979).

灵魂，生活将会坠入深渊。’”

在舒马赫的观点中，工作是处于且属于生物共同体的。174
他所谓的工作之概念与全球化经济所青睐的机敏、灵活和可自由支配的劳动力大不一样。[11] 当然，你会说工作不只是有酬雇用，我们还会在家里“工作”，在花园里“工作”，我们会一起创作音乐，或者为社群服务。那些与收入不相关的工作职位同样可能使人类得到满足。我们所有人都需要身体和精神上的滋养，但比特共同体与生物共同体的接触面对人类的身体和精神来说是个危险的地方。

在一个由技术建构起来的世界中，个体很难单纯依靠自身的才智来保障身体和心灵的生存。他们要提升自己生活得完整而健康的机会，就得依靠国家的社会、政治与经济结构。这些结构的可行性，在前面一章中已经通过蛋糕模型的垂直切片加以说明，它在很大程度上依赖于作为一个整体的国家之可行性及其对变革的响应能力。那么，国家在混乱的生物共同体与比特共同体接触面的广阔疆域中到底扮演了什么角色？

---

11 Heather Menzies, *Whose Brave New World?* (Toronto: Between the Lines, 1996). Jamie Swift, *Wheel of Fortune: Work and Life in the Age of Falling Expectations* (Toronto: Between the Lines, 1995).

在第九章中，我用蛋糕模型描绘了不断推进的水平性力量施予行政管理的压力。国家在限制新技术在社会与人性上对其公民产生影响方面所表现出的无能，甚至不情愿，被彻底地记录了下来。这场 H. T. 威尔森(H. T. Wilson)称之为“从管理中撤退”[12]的行动，相较而言是新近出现的。长久以来，人们认为作为一
175 个公民，就是要属于某个国家或社群，就是被授予一定程度的实践上和精神上的安全感。但是在生物共同体与比特共同体的接触面上，聚集与归属的现实被虚拟的时间和空间中的异步性活动所侵蚀。随着民族国家对地方的和全球性的商业力量低头，至关重要的社会与人类结构就已经被深深地侵蚀了。

在今天的加拿大，民主管理的实践存在严重的问题，而社会的公正与平等在随机性事务的迷宫中失去了发展的方向。[13] 事情不一定非得如此。生物共同体

---

12 Linda McQuaig, *The Cult of Impotence: Selling the Myth of Powerlessness in the Global Economy* (Toronto: Viking, 1998); Stewart, *Dismantling the State*；以及H. T. Wilson, *Retreat from Governance* (Hull, QC: Voyageur Publishing, 1989)针对加拿大的预先和重要的警告。

13 详见注释12（即上一条注释），也可参见Tony Clarke, *Silent Coup* (Ottawa: Canadian Centre for Policy Alternatives and Lorimer, 1998)。更多全球性的以及哲学性的观点，请见Maria Miles, and Vandana Shiva, *Ecofeminism* (London and New Jersey: Zen Books, 1993)。

与比特共同体的接触面不只会带来问题、积累危机，也为公共利益的推进提供了新的机会。我们必须凝聚集体的智慧、清晰的道德和强有力的政治意志，朝着这个目标走下去，而不是往相反的方向前行。

结语

那么，当我们困顿于这样一种在我看来极不稳定且 176
具有威胁性的历史性局面之中时，我们能做些什么呢？

我在 1989 年梅西公民讲座末尾(即本书第六章)的大多数言论放在今天仍是有效的。公正与和平、互惠与社群现在跟从前一样重要（甚至现在更为重要），我们在谈论技术的真实世界时所用的语言也是如此。除此之外，我们需要把讨论比特共同体与生物共同体的矛盾性话语也加进来，以便更清楚地了解同步性与异步性进程不断变化的平衡带来的影响。因为正是在这一不断变化的平衡中，我们看到了过去 10 年间的新实践带给个体与社群的极其尖锐的新威胁，以及它带给人类与社会进步的新机会。

177 再一次，我为缜密的传播过程、清晰的思维与集体的行动辩护，我为这一领域中出现的许多新活动而欢欣鼓舞。

在这里，比特共同体为信息交换与协调干预提供了史无前例的机会。这种主动权给那些不存在在野党或议会反对意见的地方的人民表达自身反对意见的权利。国际人权干预在突发性环境事件以及打破官方对签订国际协议——比如《多边投资协定》——的信息垄断方面取得了令人惊叹的成绩。[1]然而，目前取得的成功只是基于具体事件的，而不是系统性的。

给系统变革施加压力的一个先决条件是，对技术与力量持续的动态要有所了解，这也是为什么我一直强调我们需要明确理解技术世界的现实，无论它们可能有多复杂。我们能够互帮互助，看到那些一般不被

---

1 Gregory Albo and Chris Roberts, "The MAI and the world economy" in *Dismantling Democracy: The Multilateral Agreement on Investment (MAI) and It's Impact* (Ottawa: Canadian Centre for Policy Alternatives and Lorimer, 1998); Tony Clarke and Maude Barlow, *MAI Round Two: Global and Internal Threats to Canadian Sovereignty* (Toronto: Stoddart, 1998). 关于人权议题可查阅例如Amnesty International, Canadian Section, www.amnesty.org或者International Centre for Human Rights and Democratic Development, www.ichrdd.ca。

摆放在政治讨论显要位置的事物，比如在关于经济的浮夸之词带来的无休止的喧嚣之外，我们需要谈谈真正发生在人身上的故事。[2] 人不是经济报告上的一个脚注，而应该是政府与社群采取行动时最优先考虑的核心问题。

对于处在比特共同体与生物共同体之间的人民与社群的命运，加拿大政府明显不太清楚，也缺乏关心。这种缺乏的一个例子是任何严肃的、缓和社会矛盾的公共讨论,比如关于最低收入政策[3]或者电子贸易税(比
特税或托宾税[4])的讨论,都是缺失的。[5]只有当这些讨 178
论发生，我们才有可能对社会和生物共同体之结构产

2 The Caledon Institute of Social Policy, "Speaking out project," *Occasional Papers*, Vol. 1 (Toronto, 1997); the Interfaith Social Reform Coalition, *Our Neighbours' Voice* (Toronto: Lorimer, 1998); Canadian Environmental Law Association, *Overview of Federal Law, Regulation and Policy* (Toronto, May 1998).

3 Sally Leaner, *Basic Income: A Primer* (Toronto: Between the Lines, 1999).

4 比特税，是指对网上所有的信息按流量征税；托宾税，是指对现货外汇交易征收全球统一的交易税，由美国经济学家詹姆斯·托宾（James Tobin）首次提出，故以其名字命名。——译者注

5 James Tobin, "Speculator' tax" in *New Economy* (Forth Worth: Dryden Press, 1994); Arthur Cordell, T. Ran Ide, Luc Soete, Karen Kamp, *The New Wealth of Nations: Taxing Cyberspace* (Toronto: Between the Line, 1997).

生尊敬。我们所处的嵌套环境对社会和平与相互理解所做的“顺便的”贡献恐怕要比我们目前所知的要大得多。通常只有当这些贡献处于危机边缘或行将失去时，一个人才会意识到它的重要性。

长久以来，在不间断的传统模式中，由技术诱发的主导性时间和空间实践的变革一直是例外。生活的平衡仍然在社会领域的结构化节奏中稳定下来，而且在生物共同体中谨慎地存在。我认为，比特共同体及其异步性实践不断取得进展，会要求我们对异步性为我们幸福的生活带来的基本贡献有更清晰、更明确的了解；由此我们必须保留它们。在社会方面与道德方面完全脱轨之前，我们是很难完全清楚一个人能忍受多大程度的异步性。尽管我们了解一些能稳定或动摇社群的因素——贫困与有意义的工作之缺乏，以及尊重、友谊与互惠性承诺的缺乏会摧毁社群——但我们并不清楚所有的因素。就我看来，异步性实践既能帮助建构意义与联结，也能摧毁它们。关键的区别在于异步性进程是同步性实践的补充，还是它的完全替代物。

多伦多的一个公民组织“地方民主公民会”

（Citizens for Local Democracy，简称 C4LD）能够证
明我的观点。该组织诞生于反对将当地五个自治市合
并为一个地区的行动中，它对政治行动与政治洞察十 179
分关注，其力量正是在瞩目的社群混合情况中形成的：信息同时由电子邮件与印刷品传播，并在网络和定期会议上被讨论，由此形成了一棵网络与电话之树。媒介形式的结合建造了一个分享共同理念的社群，这在以前是没有出现过的。[6] 只有时间能够检验这样的共同目标，或者其他类似的结构性民主努力所能带来的共同目标。

在未来的几年里，我们有太多东西需要学习与分享了，特别是对于自然与行政管理。在过去的几十年中，技术搭建起来的这所房子变得越来越大，也越来越统一，但正如我在前面论述的，它并没有变得更宜居、更迷人。1990 年，加拿大皇家协会出版

6 关于“地方民主公民会”组织的背景，可以浏览该组织的网站：Http://community.web.net/citizens。该网站包括组织已取得的成绩与正在进行中的活动。

关于社群中的同步性活动与异步性活动之混合的实践指导，可参考比如 Maureen James and Liz Rykert, *Working Together Online* (Toronto: Web Networks, 1997)。

了一本著作《压力下的星球：全球性变革带来的挑战》(*Planet Under Stress: The Challenge of Global Change*)[7],这本书阐明了人类活动对全球生态环境的影响。在《技术的真相》新添加的几章中，我试着展示人们在生物共同体中相互协调的程度有多么深，所以我可以把这本书的新版本叫作《压力下的社群：人之为人受到全球性变革的威胁了吗？》(*Communities Under Stress: Is Being Human Threatened by Global Change?*)。在接下来的政治讨论中，人类活动对所有民族以及自然的影响应该成为核心议题。社会是通过其成员并与成员一道完成进化的有机体，而不是单凭意愿组装或拆卸的机械装置。然而，由于异步性技术的特征，后者的潜力在今时今日已经
180 达致全球性的规模。所以，力争理解和控制比特共同体与生物共同体的相互联系，就是力争在最广泛的生态语境中维护社群。

这是一项集体的事业，没有哪个群体或集团能独自完成它。我们大多数的社会和政治机构既不情愿，

---

7 Constance Mungall and Digby J. McLaren, ed., *Planet Under Stress: The Challenge of Global Change* (Oxford: Oxford UP, 1990).

也无力完成这些任务。然而，如果希望正常、健康的社群能够成长并盛行开来，应该更多关注维持所有人与生物共同体之间的不可协商的纽带。

索引

（索引中出现的页码均为原书页码，即本书页边码）

作者简介

厄休拉·M. 富兰克林（Ursula M. Franklin，1921—2016），德裔加拿大著名物理学家、冶金学家、作家，也是女性主义者、和平主义者和贵格会教徒。

1921 年生于德国，“二战”期间被纳粹关进劳动营，1948 年获得柏林工业大学实验物理学博士学位，1949 年前往加拿大开始科研生涯。1967 年加入多伦多大学冶金与材料科学系，1973 年任正教授，1984 年获得该校最高荣誉——“大学教授”（University Professor）头衔，成为多伦多大学首位获此殊荣的女性。富兰克林以关于技术的社会和政治影响的论述闻名，并常年致力于和平与正义、国际谅解、女性运动等事业，获得了无数荣誉和奖项，包括加拿大勋章（1981）、加拿大总督奖（1991）、皮尔森和平奖（2001）等，2012 年入选“加拿大科学与工程名人堂”（Canadian Science and Engineering Hall of Fame）。

译者简介

田奥，华东师范大学电影学硕士，另译有《画地为牢》《夜莺的爱》。

现代人小丛书

《培养想象》
– 诺思罗普 · 弗莱 _ 著

《画地为牢》
– 多丽丝 · 莱辛 _ 著

《技术的真相》
– 厄休拉 · M. 富兰克林 _ 著

《无意识的文明》
– 约翰 · 拉尔斯顿 · 索尔 _ 著

《现代性的隐忧：需要被挽救的本真理想》
– 查尔斯 · 泰勒 _ 著

《偿还：债务和财富的阴暗面》
– 玛格丽特 · 阿特伍德 _ 著

《叙事的胜利：在大众文化时代讲故事》
– 罗伯特 · 弗尔福德 _ 著

《必要的幻觉：民主社会中的思想控制》
– 诺姆 · 乔姆斯基 _ 著

《作为意识形态的生物学：关于 DNA 的学说》
– R. C. 列万廷 _ 著

《历史的回归：21 世纪的冲突、迁徙和地缘政治》
– 珍妮弗 · 韦尔什 _ 著

《效率崇拜》
– 贾尼丝 · 格罗斯 · 斯坦 _ 著

《设计自由》
– 斯塔福德 · 比尔 _ 著

《权利革命》
– 叶礼庭 _ 著